熊本早苗
信岡朝子　共編著

# 核と災害の表象
## ―日米の応答と証言

Frontier of Ecocriticism 3

英宝社

# まえがき

二〇一二年度エコクリティシズム研究学会第二五回年次大会において開催されたシンポジアム「災害・文学・メディア」は、「文学が大地震と世界で初めての規模の原発事故という複合大災害をどう捉え、どのように表象することができるのか。その表象は他の表象メディアとどう関わるのか」という問題提起を行った。それは、核時代における災害と放射能汚染という極めて深刻、かつ政治的な問題を、環境文学がいかに表現し、表象しうるのかという大問題に、果敢に自らの小さな足場から論じる試みであった。本書は、このシンポジアムに端を発するものである。その成果をさらに深め、また、より多角的なアプローチからの分析を試みている。本書では、災害後の世界を生き抜くための言葉の源泉を、広義の意味での環境文学の視点から見出し、原爆と災害の違いが大きいことは認めつつも、そこにある種共通する日米からの「証言」に関して、エコクリティシズムはいかに近づくことができるのか、核と災害について、新たな読みの可能性を提示したい。

論考中三本はシンポジアムの特集原稿をベースとしつつ、論者により、その後の研究の進展や事態の展開を反映させた形で書き改められている。他の三本は新たに参加して頂いた論者による論考である。災害や原爆、そして核に関する言説について、最近の研究を踏まえた内容を新たに含めたものとなっている。文学研究的視点や方法論を用いての論考を基軸としつつも、多彩な研究分野からの論考を収録することで新たな思考や語りの枠組みを生産する場を提示することを目指している。その中で、「序にかえて」としてエコクリティシズム研究学会の伊藤詔子代表による書き下ろし論文「核を巡る言説の日米の共働について」が、本書の全体を貫く骨子を与えている。伊藤論文内においては、核を巡る日米共働に関する文献紹介も増補され、文献解題史料としても一新したものとなっている。

以下、本書の構成と各論考の内容を簡単に紹介する。

第一部「核と文学」では、核と原爆をめぐる言説を日本文学や環境文学の視座から考察する論考が収められ、さらに、核に関わる「言説の証言性」と場所の重要性をも浮かび上がらせている。マイケル・ゴーマン（松永京子訳）「広島からはじまる風景――ニュークリアリズムと冷戦アメリカ文化」は、広島が文化的にも「核の破壊」を想像する上で重要な役割を担っていることを指摘したうえで、冷戦時代におけるアメリカの核戦略が、いかにアメリカ南西部の風景・文化・人々等にもたらした影響が甚大なものであったかについて、〈核文学〉を主軸に論じている。中野和典「被ばく地表象の可能性――林京子「収穫」を中心に」は、林京子があえて三人称の語りで「収穫」を書いたことに着眼し、臨界事故を描く際の記録性と虚構性について明らかにし、さらに被爆表象と被曝表象との関係性をも問うている。伊藤詔子「核の場所の文学――ハンフォード、ネヴァダ・テストサイト、トリニティへの旅」は、レイチェル・カーソンが予言した核の場所に関わるナラティヴを、反トラベル・ライティングといえるアプローチから、核の場所の文学を詳細に考察しながら、その特徴とそこから得られる啓示を明らかにしている。松永京子「震災後の記憶と想像力の行方――ルース・L・オゼキの『あるときの物語』をめぐって」は、オゼキの最新小説『あるときの物語』を中心に、時空を超えた複数の世界が同時に存在するナラティヴに焦点をおきながら、越境作家、オゼキの作家としての問題意識が、震災前と震災後でどのように変容しているのか考察している。

第二部「災害と言葉と表象」においては、「三・一一」をめぐる災害の表象に関する論考が収められている。オハイオ大学准教授で、学生と共に岩手復興支援活動を継続しているクリストファー・トムソン（小川春美訳）の「つなぐ力――岩手県沿岸における復興支援活動の体験手記」は、ナラティヴ・スカラシップの手法を用いて三・一一以降における祭の意味を再評価している。熊本早苗「大津波のあとに――『災害ユートピア』から復興の共同体へ」は、レベッカ・ソルニットの論を援用しながら、復興過程における言葉やエコクリティシズムがいかに希望を表現することができるのかについて考察している。信岡朝子「震災の表象と物語性――東日本大震災の初期報道写真集を中心に」は、災害報道におけるメディアの役割と共に、メディアがなぜ特定の〈物語化〉の方法を選択したのかについて考察し、震災に関する表象と物語性について新たな論を展開している。

核時代に生きる我々は、原爆文学や〈核文学〉から何を学ぶことができ、それを災害後の復興にいかに活かすことが可能なのであろうか。また、災害と核の表象に見出せる物語性とは何であるのか。本書を通して、これらの議論を深めていただければ幸いである。

本書は、エコクリティシズム研究学会によって支えられ、特に出版計画委員会（委員長　上岡克己先生）のご支援のもと、エコクリティシズム研究のフロンティア第三巻として刊行される運びとなった。学会からの物心両面による助成に厚く御礼を申し上げたい。そして、本書の趣旨に賛同し、編集の労を担ってくださった㈱英宝社編集部の宇治正夫氏に、執筆者一同、心からの謝意を表したい。

二〇一四年一一月

熊本早苗

# 目次

## 第二部　災害と言葉と表象

# 核と災害の表象——日米の応答と証言

# はじめに

# 序にかえて
## ——核をめぐる言説の日米の共働について——

伊藤詔子

### はじめに

本書『核と災害の表象——日米の応答と証言』は、人的災害、自然災害、原爆、核に関わる言説とりわけ、三・一一と八月六日九日をめぐって展開した日本と世界の具体的な応答と共働作業、またそれらに関わる証言を、環境文学批評、エコクリティシズムの観点から論じる試みである。エコロジー哲学で新しい見解を次々発表しているティモシー・モートン (Timothy Morton) は、最近著『ハイパーオブジェクト——世界の終末以後の哲学とエコロジー』(*Hyperobjects: Philosophy and Ecology after the End of the World*) において、「地球そのものが一九四五年以来放射性物質のうすい層ですっぽり覆われている」のであり、「ヒロシマ、ナガサキ、プルトニウムで、地球世界は新しい地理的時代に入った」(四—五) としている。政治哲学分野で独自の影響力を持つハンナ・アーレント (Hannah Arendt) も、一九五八年出版の『人間の条件』(*The Human Condition*) で「近代は現代世界と同じものではない。一七世紀に始まった近代は二〇世紀初頭で終わっている。政治の面でいうと、今日私たちが生きている現代世界は最初の原子爆発で生まれたのである」と述べたが

（一七）、確かに世界と地球は、一九四五年七月一六日、ニューメキシコ州アラモゴルド、トリニティ・サイトでの原子核の爆発と兵器化によって、物理的精神的にそれ以前とは全く異質なものとなってしまったといえるだろう。実際三・一一以降核を取り巻く日本と世界の状況は、歴史、経済、エコロジー、地理といった単一の領域のみならず、世界情勢とメディアのグローバル化、人口問題やエネルギー問題、気候異変と民族紛争にわたる極めて広範囲で複合化した領域に展開し、それぞれの批評分野も膨大である。したがって核に関わる文学を一文学ジャンル、〈核文学 (nuclear literature)〉としてジャンル認識することは、核時代の言説全般を鑑みると、ほとんど不可能といってもいいかもしれない。（拙論ではしたがって、核に関わる文学はジャンル認識途上のものとしてかっこつき〈核文学〉と表記したい。）

## 一　原爆文学と〈核文学〉

しかし九・一一や三・一一以前の一九八三年、ほるぷ出版が『日本の原爆文学』を集大成し、第一五巻に「評論／エッセイ」を入れ、その巻末解説で「『核』とそれを支える体制による脅威が存在する限り、そしてそれを生命と生態系の危機として直感、直視する人間の正気、心が喪われぬかぎり」（五三五）原爆文学は書き継がれていくとしている。一九九三年に書かれた黒子一夫の『原爆文学論――核時代と想像力』（彩流社）も、後で見るようにジャンル認識が確立しているともいえる原爆文学とその研究の向かうべき方向性として、〈核文学〉に言及している。「〈核〉の問題は、確かに私たち一人一人の手の届かない〈権力〉として今や君臨しているかもしれない。（中略）これからの人間の生き方のモデルは〈核〉を抜きにしては考えられない。〈核文学〉が書かれなければいけない理由もそこにある」（四四）とし、原爆文学と〈核文学〉の包括的な核時代の想像力を提言している。また実際にも原爆文学を巡る世界の精緻な研究の構えは、〈核文学〉に沿って進められている。

二〇一四年の現在、主として環境批評の観点から核と災害に関わる状況と作品を考察する本書でも、原爆文学、〈核文学〉、さらには〈原発文学〉という形を一貫して核の想像力として含むことも、意義のあることかと考える。その際編者と論者の最大の関心は、この領域において、日米が文化的、文学的応答を緊密に行い、また共働作業を展開し、相互に影響し合いながら構築した、日本でもない、アメリカでもない両者が重なる第三の文化圏的営為にあり、それは当然アジアや環太平洋のより広域的発想と不可分である。ただそれは言い古されたグローバルや、国際や比較といった言葉では表現できない何かであり、可視的なものもあれば不可視の作用も多く、あえて言えばここには愛憎に満ちた日米関係の、未来へ向かう惑星的志向があると言えばいいであろうか。ここで、〈核文学〉と、ある程度明確な輪郭を持ち始めた原爆文学のジャンル認識について、もちろん詳細は各論が展開するとして、日米の応答と共働の主要な成果を一部紹介したい。

〈核文学〉は、歴史的にピンポイントで特定できる始まりを持つ原爆文学の場合と対照的である。一九四五年七月一六日五時三〇分、人類が原子というパンドラの箱を開け原子核を炸裂させた、ウィリアム・L・ローレンス (William L. Laurence) の言う「ゼロの時間」（『ゼロの暁』(*Dawn Over*

*Zero: The Story of the Atomic Bomb*）（八―九）に続く、八月六日八時一五分のヒロシマの原爆、九日一一時二分のナガサキの原爆に関わるあまたの言説は、原爆文学として書かれ読まれ、戦後六九年の経過の中で、総体として認識されてきた。また『日本の原爆文学』一五巻は一九八三年にほるぷ出版から出て、その後一九九一年『日本の原爆記録』全二〇巻も日本図書センターから出た。全集や選集に編まれたり作品集が刊行され、一連の作家を同定しうる領域となり、世界で優れた原爆文学批評書もかなりの数集積されジャンル認識が確立しているとみることができる。また三年前から集英社からは〈戦争と文学〉というより大きなパースペクティヴからコレクションが発刊され、最初に出版された第一九巻が『ヒロシマ・ナガサキ』となって代表的作家が収録出版された。この選集は全二〇巻、別巻一の予定で順次出版されているが、第一九巻巻末には、〈全二〇巻の内容〉が示されている。そこには「単なる『過去』ではない。遠い国の『ニュース』でもない。戦争は『文学』となって、新しい世代の中で生き続ける」と書かれ、戦争に関わるフィクション、ノンフィクションの集大成となるという。原爆文学が一定の起点をもつということが、他の言説との相違点となっていると共に、こうした総合的な戦争と文学の中枢にこの文学ジャンルを位置付けることで、原爆文学はいわば、思想的に終わらない戦争の世界の動きに、再歴史化され、再認識されることにもなる。

一方核に関わる言説は、原爆文学以前または同時に始まったが、それが未来のあるいは過去の核戦争に関わる第三次世界戦争文学なのか、核兵器製造または核実験に関わる科学的な論説、あるいはドキュメントなのか、政治的プロパガンダなのか、宇宙戦争に展開するSFの領域なのか、あるいは原子力発電とその事故に関わる多くの言説、またいわゆる原発小説といわれているものを含むのか、さらに輪郭の比較的明確な原爆文学を包摂するのか、あるいは広く土地の核化による人間の環境的政治的不平等に関わる文学なのか、はたまた無数の、核によるアポカリプスと終末の物語なのか、あるいは終末後の空想的ＳＦや、先ごろ第III版が出て人気を博している『ゴジラ』のような特撮映画の文化的事象なのか、さらには核ゲーム、*Fallout* (1997-2010)、*DEFCON* (2006)、*Metro 2033* (2010) などのエンターテインメント、アニメーションまで、またこれらに対するあまたの批評作品を含むのか等など、核についてはその範囲も性格もあまりに多様かつジャンルも錯雑である。

原爆を巡る日米の応答と証言の最大の包括的業績と目され、日本の原爆文学研究者によって丹念な日本語版の出た、ジョン・Ｗ・トリート (John W. Treat) の『グラウンド・ゼロを書く――日本文学と原爆』(*Writing Ground Zero: Japanese Literature and the Atomic Bomb*) によると、原爆文学の場合のジャンル認識について「ジャンルを規定する際に、作品を私たちの文化的カテゴリー内に割り当てて順応させるやり方で、意味の可能性を特化してしまいがちである。（中略）結局のところ、原爆文学の作家の目指すものはこうしたことではなく、私たちの習慣を異化し、不連続化することでなければならない」（六四―五）としている。つまり人類史上類のない出来事がもたらす文学は、既存の様式に裁断して順応させるのではなく新しい言語と様式を必要とし、原爆文学とは、月並みなジャンル批評など許さない反ジャンルの文学でもある。したがって原爆に関する言説も当然多様で複雑を極めているが、例えば原爆文学研究会の機関誌『原爆文学研究』（花書院、二〇〇〇―

二〇一四）の様々な論文は、その領域について一定の見解を構築しており、創刊号にはこの研究会の創立を呼びかけた花田俊典による「原爆言説の日本的形成――記憶の形成と証言台の証言人」を掲載し、原爆文学確立前の原爆言説の形成過程を考究している。また川口隆行の『原爆文学という問題領域』（創言社、二〇〇八）は、このジャンルが扱う多様な領域についての批評枠の分析と考察がある。安藤裕子の学位論文『ヒロシマ・ナガサキはどのように表象されてきたか――公的記憶の変遷を辿る』（早稲田大学、二〇〇九）は、メディアや教科書や広島と長崎二つの資料館などを調べた手堅い表象研究である。

しかしながら一方で、優れた〈核文学〉が読者に与える心理的真実も揺るぎ無く存在することが、この領域のより明確なジャンル性の確立を期待させている。例えばヴェトナム戦争の悪夢の連続線上に、冷戦文化の中、不可視の核の恐怖と不安に取り憑かれた主人公を生み出した一九八五年ティム・オブライエン（**Tim O'Brien**）の『ニュークリア・エイジ』（*The Nuclear Age*）は、村上春樹の合作的日本語訳を得て、戦争を知らない日米の若者にも愛読されてきた。主人公が遂に口にする「爆弾は実在する」という核の実在性の確信は、破滅した主人公と作者と訳者のものであると共に、読者の確信ともなるものであり、この破滅を避ける人類の英知を希求する方向へと読者を強くいざなう。

## 二　原爆文学研究と核批評の日米共働について

原爆文学については上記トリートのもの以外にも、日米の共働になる偉大な研究がある。ロバート・リフトン (Robert J. Lifton) の『ヒロシマを生き抜く——精神史的考察　上下』(*Death in Life: Survivors of Hiroshima*) は、桝井廸夫、湯浅信之、越智道雄、松田誠思ら英米文学の碩学による詳細な注付きの翻訳もあり、今世紀になって岩波現代文庫上下巻となって再版された。リフトンはヒロシマの生残者を「歴史上の他の極限的体験、ことにナチの迫害や中世のペスト流行時の生存者に比べることができる」(下　二八二) として、人類史の観点から原爆生残者の精神再生の道筋を描出している。リフトンには一九九五年『アメリカの中のヒロシマ　上下』(*Hiroshima in America: Fifty Years of Denial*) もあり、アメリカ人にとってヒロシマがいかなるものであるかを丹念に掘り下げている。さらに米山リサ (LisaYoneyama)『広島——記憶のポリティックス』(*Hiroshima Traces:Time, Space, and the Dialectics of Memory*) が、小沢弘明、小澤祥子、小田島勝浩訳で二〇〇五年に出版された。これは一九九三年に著者がスタンフォード大学に提出した博士論文に基づくもので、日系アメリカ人の研究者が、平和公園や原爆記念碑など公的記録の政治性を考察し、原爆による日本壊滅の記憶から語る人道主義的な原爆文学と、戦前の日本帝国主義が抑圧したものとの間に働く葛藤の中に、ナショナル・アイデンティティ強化のポスト冷戦時代のポリティックスを指摘し易出した、一段とトランスナショナルな画期的研究である。本書は被爆の苦しみを普遍化するトラウマ研究としても幅広い領域で影響を与えた。以上例示したアメリカで出版されたきわめて専門的な原爆に関わる研究は、日本文化史的考察を深めながら、ナラティヴ分析や表象研究など世界文学の批評手法を駆使して完成され、しかも日本人研究者らの手によって日本で普及した。これらの仕事は、日米共働によって原爆文学研究の領域化と世界でのこのジャンル認識に、決定的な契機を与えたといえる。

一方核に関わる言説の内いわゆる〈核文学〉批評は、他の文学ジャンルの境界線上にあり、一ジャンル形成のための議論というよりは、既存の各文学、文化ジャンル研究を横断発展させる形で構築されてきたとみることができよう。たとえばアメリカ文化研究の領域では、かなりまとまった形で核のテーマが集積されているものとして、ポール・ボイヤー(Paul Boyer)の『爆弾の初期の閃光』(*By the Bomb's Early Light: American Thought and Culture at the Dawn of the Atomic Age*)や、神学的研究『ときがもはやない――現代アメリカ文化の預言の信仰』(*When Time Shall Be No More: Prophecy Belief in Modern American Culture*)があるし、ポール・ブライアンズ(Paul Brians)の『核ホロコースト』(*Nuclear Holocausts: Atomic War in Fiction, 1895-1984*)は、書誌的にも核関連の文学と批評作品が集大成されており、総覧的に優れた研究の一例である。その他ＳＦ作家別、時代別研究書は枚挙にいとまがないので各論に譲りたいが、一谷智子「核批評再考――Araki Yasusada の *Doubled Flowering*」は、注において主要な文献を解説している。また三・一一に関しては笠井　潔／巽　孝之監修『３・１１の未来――日本・ＳＦ・創造力』が詳細に論じており、巻頭笠井の映画『ゴジラ』論は重要で、巻末には「３・１１を考えるためのブックガイド」四三冊がリストアップされている。

またメジャーなポストモダン・アメリカ文学は、核の脅威に明示的暗示的に触れていないもののほうが少ないほどであり、これらのすぐれた概観として、ジョセフ・デューイー(Joseph Dewey)の『暗き時代に——核時代のアメリカ小説におけるアポカリプスの気分』(*In a Dark Time: The Apocalyptic Temper in the American Novel of the Nuclear Age*)があり、冷戦期の核戦争の恐怖に基づくアメリカのメジャーな作家のベストセラーを、カート・ヴォネガット(Kurt Vonnegut)からドン・デリーロ(Don DeLillo)に至るまで辿っている。またネイティヴアメリカン文学研究も、その射程を次第に核のテーマへと拡大深化させてきた。原爆文学研究会の論客であり、本書にも寄稿している松永京子の学位論文と、その後の一連の研究は、レズリー・マーモン・シルコウ(L.M.Silko)の『儀式』(*Ceremony*)や『死者の暦』(*Almanac of the Deadd*)、サイモン・J・オーティーズ(Simon J. Ortiz)の『ファイトバック——人々のために、土地のために』(*Fight Back: For the People, For the Sake of the Land*)などに、環境正義エコクリティシズムの手法を駆使し、核燃料開発による汚染の不平等な負荷や、南西部ウラニウム鉱山での採掘労働に駆り出された人々の被曝と土地荒廃の歴史にアメリカの核植民地主義の深い鉱脈を読み取る。さらにネイティヴアメリカンの自然観やコミュニティの信仰によるトラウマと病の回復を、国の核化への対抗言説として構築している。こうした研究が原爆文学、アメリカ文学、〈核文学〉研究を一貫的方法論で展開しているところに、新たな越境的共働の姿がある。さらに二〇一三年の学位論文としてブラッドレイ・フェスト(Bradley Fest)の『アポカリプス・アーカイヴ——アメリカ文学と核爆弾』(*The Apocalypse Archive: American Literature and the Nuclear Bomb*)は、アメリカ文学の本質的な核との関わりを一九二三年ウィリアム・C・ウィリアムズ (William Carlos Williams) の「春のいろいろ」("Spring and All") に遡って論じ二一世紀のアメリカ文学、とくにトマス・ピンチョン (Thomas Pynchon) に鋭意焦点を当てている。

核批評としては、本書寄稿のマイケル・ゴーマン (Michael Gorman) による環境批評の視点を加えた論文や、ロンドン大学のグレイス・ホールデン (Grace Halden)「ヒロシマの記憶に基づくテキスト的核戦争」"Textual Nuclear War based on the Memory of Hiroshima" と題する原爆文学と核SFについての優れた論考等枚挙に暇がない。ホールデンは「もしヒロシマの記憶が『ノーモアヒロシマ』という警告として作用するなら、核戦争と核による終末と核による消滅を表象する虚構のテキストは、ヒロシマが繰り返されることを暴いている」とし、原爆や核に関する文学ジャンル化と制度化の危険性を指摘している。こうした点を考察する際、しばしば引用されてきたのがジャック・デリダ (Jacques Derrida) の「アポカリプスはまだない――全速力で前進、七発のミサイル、七つの文書」"No Apocalypse, Not Now (full speed ahead, seven missiles, seven missives)" である。トリート、一谷、ホールデン、松永もこの論文に言及するように、原爆投下というヒロシマとナガサキの歴史的事実を、デリダは「核戦争はこれまで起こったことがない、それは非出来事 ("non-event") である。一九四五年にアメリカが落とした爆弾は、伝統的な、戦争を終らせたのであって、核戦争を始めたわけではない」(デリダ　二二) とする。デリダの事実解体的核批評は、批評的先見として強い影響を与えた。

しかしながらもし〈核文学〉なるものが、いつまでも遅延させられるキリスト教的終末の概念からの核批評や、ニュークリアリズム（核主義、核軍備）を意味する政治理論と兵器理論までも含むとすれば、問題はさらに複雑となり、まったく立場の異なる異質な言説群を包摂することになる。もちろん文化とは錯雑なものでありすべての言説がそれぞれ効用を持つが、特に様々なレベルの核SFは、ある意味で核の現実の脅威を、テクスト上の無機質なもの、ヴァーチャルなものに変質し、核の現実性を「非出来事」として大きく侵食する面は否定できないであろう。二〇万以上もの人間が異形の形になって焼き殺され、焦土の中を襤褸と化した身体で末期の水を求めて彷徨う中、さらに二度目の〈黒い雨〉に射撃されて、放射線による内臓破壊で死に、二つの町のあらゆる建物が瞬時にして灰燼に帰した前代未聞の地獄をもたらした大破壊の現実も、ある種の〈核文学〉と核批評によっては、ページの上のテキストの戯れに変じる可能性もある。

## 三　日米の核のイコノグラフィ研究について

日米で核についての国民の意識には、歴史的な経緯から大きな隔たりが指摘されてきた。冷戦期には特に情報操作で一般の国民は、正確なところを知り得なかった。しかし冷戦終結後国家機密の細部が明らかになってきているマンハッタン計画や、トリニティでの実験の詳細公開、あるいはリフトンの研究が示すようなアメリカ文化の中でのヒロシマのアメリカ国内での位置の変化、また環境思想の浸透などから大きな変化もみられる。一九九三年アラン・M・ウィンクラー（Allan M. Winkler）の『アメリカ人の核意識』(*Life Under a Cloud: American Anxiety about the Atom*) によると、一九六〇年代『プレイボーイ』のような娯楽雑誌までもが「ストロンチウム90への懸念を表明した」（一三二）。特に一九五〇年代から六〇年代、多くの映画や科学未来小説、ポピュラーソングなどに、人類絶滅プロットや異形の人間の誕生、怪物の跋扈といったSF映画というかたちで、放射性物質の遺伝形質への恐れやミュータントへの恐怖が表明された。これらの情報は、政府の方針とエネルギー省の情報操作や事態の過小評価の宣伝との間で揺れながらも、一九七九年ペンシルヴァニア、スリーマイル島での原子炉爆発事故を契機に、徐々に集まってくるデータから放射能汚染被害の真相が議論される状況がアメリカ国内でも生まれ、反原発運動に発展していったことをウィンクラーは詳細に明らかにしている。

また一九八〇年代の世界的な環境主義の始まりと冷戦終結の九〇年代に入ってからは、核汚染物質の拡散の懸念や浸透の恐怖が大きなテーマとなっていく。しかしながら、放射性物質汚染の結果の発現には長時間かかることも多く、土壌や動植物への影響データ集積も同様で、農薬汚染の場合と同じようにレイチェル・カーソン（Rachel Carson）が嘆いた「疑わしきは罰せず」と同じ経過を辿ったと見ることもできる。しかも核汚染の場合関係者は、カーソンが戦った化学業界と科学者ではなく、国家とエネルギー省、マンハッタン計画の核兵器製造に携わった一二万人規模の国家的組織と科学者と職員や労働者、あるいは冷戦のもと可能性の高かった核戦争への不安にかられた国民感情そのものなので、核汚染への反応は常に両義性を孕み、危険の認識が浸透するまで非常に時間がかかった。環境文学の預言的性格が、こうした認識を先取りして作品化した例がカーソンであった。カーソンとヒロシマについては拙論で述べることとする。

アメリカ文化の中の核の情報の伝播と受容の実相を歴史的に明らかにし教科書にもなっている典

型的な本が、ロバート・A・ジェイコブズ（Robert A. Jacobs）の『ドラゴン・テール――核の安全神話とアメリカの大衆文化』（*The Dragon's Tail*）である。ジェイコブズは、広島市立大学広島平和研究所の研究者であり広島でこの本は書かれた。日本でのこの領域と「グローバルヒバクシャ」の研究第一人者である高橋博子の監訳による日本語版の序「原発事故はスローモーションの核戦争で、ジェイコブズは、「本書の核心は、核のイコノグラフィがいかにして現代の神話となったか、また、核のイコノグラフィはどんな未来を提示してきたかの考察である。残念ながらここ日本でも、あの三・一一原発事故によってこうした核の物語が現代の神話として悲惨な形で復活した」と述べ、「核兵器は人類にとって『最後の審判の日』がすでに到来したことを示していた」（五―六）とする。この発言はデリダの「アポカリプスはまだない」に対し、「アポカリプスはすでに到来した」とする、ポストアポカリプスの認識で、最初に引用したモートンの「終末後のエコロジー思想」と同じ立場にたつ。モートンのエコロジー観はきわめてグローバルで、宗教的束縛から自由である。

ジェイコブズの本は高橋によるあとがき「メルトダウンした『アトムズ・フォー・ピース』」が置かれている。トリニティ、広島、長崎、ビキニ、ネヴァダ、フクシマと、実際の核爆発と核実験と原発事故が起こった順に醸成・変質していったアメリカを中心とする世界の文化の中での核にまつわるイコノグラフィの進展が、綿密に辿られている。本書は先に引用した花田の、核に関わる言説の証言性の重要性をも浮かび上がらせているといえる。

このようにかつて生死をかけて戦った日本とアメリカは、原爆文学と〈核文学〉と核批評の言説領域で、かくも親密な関係を構築もしてきたのである。二〇一一年までは、ヒロシマ、ナガサキ、ビキニ、チェルノブイリの範囲で論じられてきたが、いまやヒロシマ、ナガサキ、ビキニ、ネヴァダ、チェルノブイリ、フクシマに、そして世界各地の核実験による被曝地と海域に議論は拡大している。本書各論において、この広大な領域の文学と批評の片鱗を窺う努力の中で、各論の語りの声の証言に耳を傾けたい。

## 引用・参考文献

Arendt, Hanna. *The Human Condition* .(1958). Chicago: U of Chicago P, 1998. 志水速雄訳『人間の条件』ちくま学芸文庫、一九九四。引用は邦訳書によった。

Boyer, Paul. *By the Bomb's Early Light: American Thought and Culture at the Dawn of the Atomic Age*. New York: Pantheon, 1985.

——.*When Time Shall Be No More: Prophecy Belief in Modern American Culture*. Cambridge: Harvard UP, 2009. 2 August 2014. <http://books.google.co.jp/books. >

Brians, Paul. *Nuclear Holocausts: Atomic War in Fiction, 1895-1984*. Kent: Kent State UP, 1987. 2 August 2014. <http://public.wsu.edu/~brians/nuclear/pdf..>

Derrida, Jacques. "No Apocalypse, Not Now (full speed ahead, seven missiles, seven missives)." Trans. Catherine Porter and Philip Lewis. *Diacritics* 14.2 (Summer1984): 20-31.

Dewey, Joseph. *In a Dark Time: The Apocalyptic Temper in the American Novel of the Nuclear Age*, West Lafayette,

IN: Purdue UP, 1991.

Fest, Bradley. "The Apocalypse Archive: American Literature and the Nuclear Bomb." Diss., University of Pitsburgh, 2013.

Halden, Grace. "Textual Nuclear War based on the Memory of Hiroshima" *New Horizons* 20: 1-20. 5 August 2014. <http://www.gla.ac.uk/media/media_279209_en. pdf.>

Jacobs, Robert A. *The Dragon's Tail: The American face the Atomic Age.* Cambridge: MIT , 2010. Print. 高橋博子監訳、新田　準訳『ドラゴン・テール――核の安全神話とアメリカの大衆文化』凱風社、二〇一三。引用は邦訳書によった。

Laurence, William L. *Dawn Over Zero: The Story of the Atomic Bomb.* Ner York: Knopf, 1946.

Lifton, Robert J. *Death in Life: Survivors of Hiroshima.* Chapel Hill: U of North Carolina P, 1968.　桝井廸夫　湯浅信之　越智道雄　松田誠思訳『ヒロシマを生き抜く――精神史的考察　上下』岩波現代文庫、二〇〇九。引用は邦訳書によった。

Matsunaga, Kyoko. "Post-Apocalyptic Vision and Survivance: Nuclear Writings in Native America and Japan." Diss. U. of Nebraska - Lincoln, 2006.

Morton, Timothy. *Hyperobjects: Philosophy and Ecology after the End of the World.* Mineapolis: U of Minnesota P, 2013.

O'Brien, Tim. *The Nuclear Age.* New York: Penguin, 1996. Print. 村上春樹訳『ニュークリア・エイジ』一九九七、文春文庫。

Treat, John W. *Writing Ground Zero: Japanese Literature and the Atomic Bomb*, 1994, Chicago: Chicago UP.　水島裕雅　成定薫　野坂昭雄監訳『グラウンド・ゼロを書く――日本文学と原爆』法政大学出版局、二〇一〇。引用は邦訳書によった。

Winkler, Allan M. *Life Under a Cloud: American Anxiety about the Atom*, Oxford: Oxford UP, 1993. 麻田貞雄監訳、岡田良之助訳『アメリカ人の核意識』ミネルヴァ書房、一九九九。引用は邦訳書によった。

Yoneyama, Lisa. *Hiroshima Traces: Time, Space, and the Dialectics of Memory*. U of California P, 1999. 小沢弘明・小澤祥子・小田島勝浩訳『広島——記憶のポリテックス』岩波書店、二〇〇五。引用は邦訳書によった。

安藤裕子「ヒロシマ・ナガサキはどのように表象されてきたか——公的記憶の変遷を辿る」学位論文、早稲田大学、二〇〇九。

一谷智子「核批評再校——Araki Yasusada の *Doubled Flowering*」『英文学研究』第八九号、（二〇一二）二一—三八。

笠井潔／巽孝之監修『3・11の未来——日本・SF・創造力』作品社、二〇一一。

川口隆行『原爆文学という問題領域』創言社、二〇〇八。

黒古一夫『原爆文学論——核時代と想像力』彩流社、一九九三。

ゴーマン、マイケル　松永京子訳「ニュークリアリズムと戦後アメリカ文化」『原爆文学研究』11（花書院、二〇〇〇）一〇七—一一六。

『原爆文学研究』第一号第二号　原爆文学研究会、花書院、二〇〇〇—二〇一四。

『日本の原爆文学』一五巻　ほるぷ出版、一九八三。

『日本の原爆記録』全二〇巻　日本図書センター、一九九一。

花田俊典「原爆言説の日本的形成——記憶の形成と証言台の証言人」『原爆文学研究』第一号（花書院、二〇〇〇）二—二二。

『ヒロシマ・ナガサキ　閃』（コレクション戦争×文学第一九巻）集英社、二〇一一。

# 第一部　核と文学

# 広島からはじまる風景
## ――ニュークリアリズムと冷戦アメリカ文化――

マイケル・ゴーマン（松永　京子訳）

### はじめに

「アメリカ人は私たちのことを考えますか?」二〇〇〇年の春、キャロリン・フォルチェ（Carolyn Forché）の詩「縮景園」（"The Garden Shukkei-en"）のこの一節が、突然私が答えなければならない問いとなった。広島大学で教員として働くことが決まり、東広島市に移ったときのことだった。これまで一度も広島を訪れたことのなかった私は、複雑な気持ちだった。アメリカ市民として、アメリカが五〇年以上前に広島と長崎に落とした原爆に対して自責と恥ずかしさを感じ、私はどのように迎え入れられるのだろうと案じた。私の国がしたことに対する消えないトラウマ――そして憎しみ――について考えた。そして、どうやって、広島に住む人々を直視することができるのだろうと。

「はい。でも私たちはそうしたくはないのです。」これが、フォルチェの詩のなかで被爆者によって発せられた問いに対する答えである。一九四五年以降、広島はすべてのアメリカ人の心理形成

【図一】トリニティ・サイト（筆者撮影）

に影響を与えてきた。広島、広島市民、そして私が犯罪行為と見なしてきた原爆という出来事は、小学校四年生のとき、私とクラスメートが原爆について学んでからずっと、私の意識の一部として存在してきた。それは私に限ったことではない。『アメリカの中のヒロシマ』(*Hiroshima in America*) の著者であるロバート・J・リフトン (Robert Jay Lifton) やグレッグ・ミッチェル (Greg Mitchell) もまた、「広島は私たちの個人的そして集合的な存在のあらゆる側面に影を落としている」(xvi) と述べている。

個々のアメリカ人に与えてきた心理的、倫理的衝撃の他に、広島は、アメリカの科学、社会政治、そして環境のランドスケープに、根源的な影響を与えている。広島と長崎に投下されることとなった原爆の設計や製造は、軍産複合体へと拡大していった。それは原爆を製造する極秘のプログラムであるマンハッタン計画や、ハンフォード・サイトといった極秘の（したがって不可視化された）原子の街や核の居留地を建設することへとつながっていった。広島と長崎は、文字通り、アメリカのランドスケープや環境に変化をもたらしたのだ。ニューメキシコ州アラモゴード外にある砂漠に位置する、最初の原爆が炸裂したトリニティ・サイトの爆心地【図一】は、放射線量が少し高いにもかかわらず観光地の一つとなっており、年に二回、一般に公開されている。ハンフォードの核の居留地は、長崎に投下された原爆に使用されたプルトニウムの精製が行われた場所として知られているが、いまだに世界で最も汚染された工業地域である。

文化的にも広島は、核の破壊を想像する上で、重要な役割を担っている。広島に原爆が投下された直後の写真やフィルムは、核攻撃の効果を学生に教育するために使用されてきた。文学や映画において広島は、核攻撃の恐怖や深刻な核災害に対するアメリカ人の想像力を形成してきた。

すなわち、すべては広島からはじまっている。

## 一　広島とアメリカ核文学

一九四六年八月三一日、広島に投下された原子爆弾の「恐ろしい意味」や「途方もない破壊力」について熟考するアメリカ人がほとんどいないと確信した『ニューヨーカー』誌の編集者たちは、本誌の全誌面を割いて、ジョン・ハーシー（John Hersey）【図二】の記事「派遣記者――ヒロシマ」（"A Reporter at Large: Hiroshima"）を掲載した（一五）。同年後半、アルフレッド・A・クノッフはこの記事の副題、すなわち今日までその名で世界中に知られることとなった『ヒロシマ』（*Hiroshima*）を書名として本記事を出版した。『ヒロシマ』は、アメリカ合衆国における核文学の出発点である。もちろんハーシーは、広島の原爆を記事にした最初の記者ではなかったが、原子兵器の破壊能

【図二】ジョン・ハーシー (1914-1993)

力を（軍の用語ではなく）人類の用語でアメリカの読者に伝えた最初の記者となった。この影響力のあるテクスト登場後、アメリカ核文学は、核攻撃・アポカリプス、核の不安、ニュークリアリズム、そして環境といった観点やモチーフを内包したものへと拡大していく。一九六〇年代初めには、これらすべてのテーマがアメリカ文学やジャーナリズムにみられるようになる。それ以降の半世紀にわたってこれら四つのモチーフは、核兵器や核エネルギー産業に対するアメリカ市民の視点に影響を与えるとともに、（本・エッセイからビデオ・ゲームにいたるまでの）様々なジャンルを超えた文化的産物を形成するようになった。

## 二　原爆直後――『ヒロシマ』から『ヒロシマナガサキ』へ――

ジョン・ミショー (Jon Michaud) によると、「ヒロシマ」の記事を着想し、一九四五年、中国と日本に向かう準備をしていたハーシーに提案したのは、当時『ニューヨーカー』誌の編集長だったウィリアム・ショーンだった（ミショー　頁なし）。一九四五年の冬、日本に到着する前の三一歳のハーシーは、戦闘の恐怖や凡庸さの目撃者として、米国の読者に報告する経験豊かな従軍記者であった。またその前年には、解放後のシシリーを舞台とした小説『アダノの鐘』に自身の戦争体験を反映して描き、一九四五年五月、ピューリッツァー賞を受賞していた。言い換えれば、第二次世界大戦中のハーシーは、尊敬される従軍記者であり、賞賛される小説家でもあった。しかし今日、彼がおもに記憶されているのは、太平洋とヨーロッパの戦区からの特派でもなく、彼の小説でもない。それよりも彼が褒め称えられたのは、戦後のルポタージュの傑作『ヒロシマ』の著者としてであった。事実、一九九九年、ニューヨーク大学ジャーナリズム学部は、二〇世紀における最も重要な報道記事として『ヒロシマ』を選んでいる（ミショー　頁なし）。

『ヒロシマ』は、アメリカ人の原爆観と日本人に対する見方を根本的に変えた偉大な報道作品である。この作品が発表される以前、広島と広島市民に与えた被害の大きさや、この恐ろしい新科学技術の潜在的な破壊力について理解するアメリカ人はほとんどいなかった。歴史学者であるアラン・M・ウィンクラー（Allan M. Winkler）の『アメリカ人の核意識――ヒロシマからスミソニアンまで』(*Life Under a Cloud: American Anxiety about the Atom*, 1999) によると、ハーシーは「感情を交えることなく、しかし生々しく被害を描くことによって読者を戦慄させた。テレビがまだ日常的備品になっていなかった時代に彼は、原爆の威力を伝えるイメージを読者に与えるとともに、将来におけるこの強力な新兵器の使用について問いかけたのである」（五）。すなわちハーシーは、一九四五年八月六日に人類に放たれることとなった、残忍さをも封じ込めていたアトミック・エイジへの扉を、開いたのだった。

『ヒロシマ』が与えた衝撃は、その細部への配慮が起因となっている。ハーシーは広島に一ヶ月滞在し、原爆の目撃者にインタヴューを行い、佐々木とし子氏、中村初代氏、藤井正和医師、佐々木輝文医師、谷本清牧師、ウィルヘルム・クラインゾルゲ牧師の六人の被爆者の証言を詳述した。『ヒロシマ』においてハーシーは、一貫して冷静なアプローチを取った。彼の提示する内容を考慮したとき、彼の広島からの報告は、著者自身の意見が不在であるという点において注目に値するだろう。

八月九日、谷本氏はまだ泉邸で奮闘していた。夫人の泊まり先の、郊外牛田の友人宅に行き、爆撃前から預けておいたテントを取り出し、泉邸へ持ち帰って張った。歩きも運びもできない負傷者の避難小屋にしたのである。泉邸では何をしていても、元のお隣りの鎌井の奥さん――まだ二〇の若奥さんで、炸裂当日、死んだ女の子の赤ん坊を抱いていた――が自分を見つめているような気がしてならなかった。この小さな死体は二日目から、もうひどい悪臭を放ちはじめたが、奥さんは四日間抱きつづけたのである。（七四―七五）

ハーシーの超然としたスタイルにもかかわらず、事態の恐ろしさは明らかである。原爆直後の死、破壊、病気、生存を落ち着いた態度で説明してはいるものの、（原爆に異議を唱えたり、総力戦の提供者を批判したりするまでもなく）ハーシーは原子爆弾の非人道的行為を描き出すことに成功した。

一九九三年、ジョン・ハーシーはこの世を去った。けれども彼の遺産は、反核運動や歴史上初（そして今のところ唯一）の二回の核攻撃を効果的に記録しようとする願いのなかに生き続けている。ハーシーの『ヒロシマ』の伝統を引き継いで、日系アメリカ人監督であるスティーヴン・オカザキ（Steven Okazaki）は『ヒロシマナガサキ』（*White Light/Black Rain: The Destruction of Hiroshima and Nagasaki*, 2007）を制作した。このドキュメンタリー映画のなかにオカザキは、広島と長崎の一四人の被爆者へのインタヴューと四人のアメリカ人へのインタヴューを収めている。四人のアメリカ人のうち一人は、世界初の原爆が投下されたトリニティ・サイトにおける核実験の目撃者、そして残りの三人は、広島に「リトルボーイ」を投下したB29爆撃機エノラ・ゲイの搭乗者であった。ハーシーとは媒体を異にしているものの、オカザキの事実に基づいたアプローチはハーシーのスタイルを模倣しており、ハーシーが六〇年以上前に記録にとどめた出来事の普遍的な重要性を再確認しているといえるだろう。

## 三　核攻撃とアポカリプス――『いろりの影』から『ザ・ロード』へ――

一九四九年、ソ連は初の原爆投下に成功した。この核実験は、核戦争の可能性と、アメリカにおける共産主義者のスパイ捜査に火をつけた。これらの恐怖を喚起する出来事はまた、北米のサイエンス・フィクション作家たちの想像力を刺激した。第二波の「レッド・スケア（赤の恐怖）」として知られるこの時代に生まれたのが、ジュディス・メリル (Judith Merril) のディストピア小説『いろりの影』(*Shadow on the Hearth*, 1950) である。

水素爆弾が存在する以前に書かれたメリルの『いろりの影』では、核攻撃の政治的・社会的重要性に比べると、原爆の使用に対する懸念は二次的な問題にすぎない。本小説は、五〇年代にアメリカの政治を握ったマッカーシズム（マッカーシーによる「赤狩り」）を反映し、共産主義者のスパイ狩りが重大な役割を担っている。ポール・ブライアンズ（Paul Brians）が『ニュークリア・ホロコースト――小説のなかの原子戦争　一八九五年―一九八四年』(*Nuclear Holocausts: Atomic War in Fiction, 1895-1984*) のなかで認めているように、メリルは「いたるところでスパイをみつける［戦後の］熱狂」（一七）を本作品に組み入れた。横行する反共産主義に加え、メリルは、水素爆弾以前の核攻撃が、爆撃地の外側に住む家族に与える影響を描いてもいる。特に本作品は、ミッチェル家の女性メンバーの経験に焦点を当て、ニューヨーク州ウエストチェスター郡の郊外に住む母親（グラディス）と二人の娘（バーバラとヴァージニア）が、ニューヨーク市に核攻撃がなされた直後、どのように生き延びているのかを想像している。

午後一時一五分、ニューヨーク市が攻撃されたとき、グラディスは一人で家にいた。夫は仕事、娘たちは学校で、メイドは病気のために休んでおり、グラディスは地下で洗濯をしながら、何か奇妙なことが起っていることを、ほんのわずか感じとっているにすぎない。

> 彼女が聞き取ろうとしたとき、音は消えてしまった。工場の合図にしてはあまりにも短すぎる。音色も違っていた。甲高い音ではあったけれど、もしも高窓に流れ込む明るい日差しがそのとき急に強ま

って、漆喰の塗られた地下の壁を赤とゴールドの光の洪水で覆うことがなければ、雷鳴と間違ってしまいそうだった。彼女は首を振って、すべてを忘れてしまおうとした。けれどもなぜかその音は――実際には消えてしまったその音は――彼女の頭のなかに残りつづけた。不気味で、ぞっとするような音。そのとき、まるで彼女の気持ちの変化を察したかのように、小さな窓は暗くなり、安心感を与えてくれていた太陽の光が消えた。もしかしたら、やっぱり雷鳴だったのかもしれない。時期的には早すぎる、いつもと違った雷をともなう嵐。（『いろりの影』　頁なし）

グラディスがラジオ放送で核攻撃について知ったのは、三時すぎに娘たちが学校から帰ってきた後だった。その後、女主人公たちは、略奪者、好色な民間防衛のボランティアによる不愉快な訪問、そしてヴァージニアの放射線病に遭遇する。ポール・ブライアンズが指摘しているように、『いろりの影』は「核戦争に対する女性の視点」から、「戦争の影響の、逃れようもなく個人的な性質に直面している」（四二）。まさにその通りである。ジュディス・メリルの『いろりの影』は、アトミック・エイジにおいては非戦闘員はいないということを読者に教えてくれるのだ。

ジュディス・メリルが六四年前に『いろりの影』を出版したときと比べて、二一世紀の核文学におけるアメリカの家族は、さらに一層差し迫った危機に直面している。二〇〇六年、コーマック・マッカーシー（Cormac McCarthy）はピューリッツァー賞を受賞した小説『ザ・ロード』（*The Road*）を出版した。この小説は、メリルが一九五〇年に描いたものよりも、より恐ろしい惨事を生き残ろうともがく父と息子についての物語である。

翌日の正午ごろには市街地を通り抜けた。拳銃をいつでも手にとれるよう彼はカートの一番上の折りたたんだ防水シートの上に置いていた。少年に自分のわきへぴったりくっつかせた。都市は大半が焼けていた。生命の気配がなかった。通りの自動車は灰のケーキに包まれほかのものもすべて砂埃と灰に覆われていた。乾いた泥の表面にはタイヤ跡の化石。とある玄関口には乾いて革状になった死体が一つ。陽にしかめ面《つら》を向けている。彼は少年を引き寄せた。頭に入れたものはずっとそこに残るんだ、といった。そのことに気をつけたほうがいい。

　忘れてしまうものもあるんでしょ？

ああ。人間は憶えていたいものを忘れて忘れたいものを憶えているものなんだ。（一六一―一七）

アメリカが核攻撃を受けた後、郊外の母娘が直面する脅威を描いたメリルの物語に欠如していた男性を補う小説として、『ザ・ロード』を読むことが可能なのは、言うまでもないだろう。『いろりの影』のほとんどの場面において、父親のジョン・ミッチェルの不在が著しい一方で、マッカーシーの小説の母親は、記憶でしかない。謎の出来事（「長い鋏《はさみ》の刀のような光」「一連の底ごもりのする衝撃」（六一））によって時計が一時一七分に止まると、主人公である父と息子は、家（そしていろりを）を捨てなければならなくなるのだ。もっと住みやすい環境を求めて南への移住を余儀なくされると、父親は息子に食べさせるために、そして息子を守るために奮闘する。『いろりの影』と『ザ・ロード』は、社会批判の作品でもある。『いろりの影』は冷戦時代のアメリカにおける赤狩りをオブラートに包んで批判するために、核のナラティヴを用いた。一方で、コーマック・マッカーシーの小説は、環境的寓話として、多くの批評家に認知されている。事実、環境活動家であり『ガーディアン』紙のコラムニストでもあるジョージ・モンビオット(George Monbiot)は、『ザ・ロード』を「これまでに書かれた最も重要な環境の本」(二九)と名付けた。マッカーシーの環境的ヴィジョンに対して、モンビオットは惜しみない賞賛を浴びせたが、核破壊と環境危機の融合は、マッカーシーから始まったわけではない。後で述べるように、何十年も前に書かれたレイチェル・カーソン(Rachel Carson)の『沈黙の春』(*Silent Spring*)から始まっていた。

二〇〇九年、『ザ・ロード』は同じ題名で映画化されることで、アメリカ映画や米テレビ番組向けに脚色された多くの核作品のリストに加わることとなった。このリストには、一九五四年にABCテレビが「原子攻撃」という題名でテレビドラマ化した『いろりの影』も含まれている。なかでも有名なのは、『渚にて』(*On the Beach*, 1959)(映画、ドラマ)、『博士の異常な愛情または私は如何にして心配するのを止めて水爆を愛するようになったか』(*Dr. Strangelove or: How I Learned to Stop Worrying and Love the Bomb*, 1964)(映画、風刺)、『未知への飛行』(*Fail Safe*, 1964)(映画、ドラマ)、『ザ・デイ・アフター』(*The Day After*, 1983)(ABCテレビ映画)、『フェイルセイフ』(*Fail Safe*, 2000)(CBSテレビドラマ)、『ジェリコ 閉ざされた街』(*Jericho*, 2006-2007)(CBSテレビドラマシリーズ)といった映画やテレビドラマであろう。冷戦期、特に一九六二年一〇月のキューバミサイル危機後、核戦争や核惨事を主題とした映画やテレビ番組は、驚くほど人気を得るようになった。一九六〇、七〇、八〇年代を通して、核戦争や核のメルトダウンへの懸念は、映画のチケットやテレビの広告の売れ行きを伸ばした。アメリカの視聴者が、キューバミサイル危機のニュースを心配しながら見ていたときから二〇年経ってからも、核戦争の暗黒のスペクタクルは彼らを魅了したのだった。実際のところ、一九八三年一一月二〇日にＡＢＣテレビが放映した『ザ・デイ・アフター』を視聴した数は、約一億人にのぼるといわれている（ウィンクラー　二五七）。娯楽産業の核戦争の主題への執着は、原子力装置の脅威に対する自覚が増幅していたことを反映していた。そしてその脅威の一部は、一九七〇年代の戦略兵器制限交渉といった米ソ間の核外交の取り組みによるものであった。原子テーマへの執着に加えて、一九八〇年代、アメリカと（旧）ソビエト連邦（**USSR**）の原子力発電所で大惨事が起こった。周知の通り、一九七九年、ペンシルベニア州ハリスバーグ近くのスリーマイル島で部分的炉心溶融を起こした原子力発電所事故と、一九八六年、ウクライナ共和国のキエフで起こったチェルノブイリ原子力発電所事故である。

## 四　核の不安とポストモダン・アメリカ文化

冷戦時代、軍や民間において核テクノロジーが適用されていることが知られるようになると、核テクノロジーやそれらが引き起こす可能性のある惨事に対する懸念も深まった。ダニエル・コードル（**Daniel Cordle**）は『ステイツ・オブ・サスペンス――核時代、ポストモダニズム、そしてアメリカにおける小説と散文』（*States of Suspense: The Nuclear Age, Postmodernism and United States Fiction and Prose*, 2008）において、「核の不安」は「この時代を定義づけるサスペンス（惨事そのものよりも惨事を予期すること）」（二）であるとし、冷戦期の中心的な特徴であると論じている。旧ソ連が初の原爆投下に成功した後、核戦争の可能性は現実となり、すべてのアメリカ人が潜在的な絶滅のターゲットとなった。冷戦期のアメリカにおいて「核テクノロジー」の脅威は、「日常生活の経験が編み込まれた織物の一部となった」（コードル　二二）のである。もちろん、主流の文学作品やポピュラー・カルチャーも例外ではなかった。サイエンス・フィクションは核のアポカリプス後の生命を想像するようになった。スペンサー・ワート (Spencer Weart) の『核の恐怖の興隆』(*The Rise of Nuclear Fear*, 2012) によると、核物理学者であるエドワード・テラーは、一九四九年のソ連の初の原爆に応答する形で、水素爆弾の開発を擁護するようになった。それから三年後、一九五二年の秋に行われたアイビー作戦の一環として、初の熱核兵器がマーシャル諸島の太平洋核実験場に投下された。一九五四年、アイビー作戦による最初の爆発が記録された映像がテレビで放送されると、アメリカ人は広島に投下された原爆の千倍も破壊力のある兵器の、恐ろしい現実に直面せざるを得なかっただけでなく、これらの超兵器からの放射性降下物による致命的な結果を目の当たりにしたのだった。アルマゲドンは今にも起こりそうだった。放射能の危険性に対する自覚の増加と、続いて起こった数々の実験（一九五四年の大規模なキャッスル作戦もその一例である）の恐ろしいイメージは、一九五〇年代の北米サイエンス・フィクション作家の想像力を刺激し、ついに一九五九年、二つの核戦争がもたらした恐ろしいアポカリプティックな未来を描いたサイエンス・フィクションの古典、すなわち、ウォルター・M・ミラー (Walter M. Miller) の『黙示録３１７４年』(*A Canticle for Leibowitz*) をもたらしたのだった。

　冷戦のポピュラー・カルチャーは、核のアポカリプスについて沈思する以上に、爆弾と共に生きる生活や核時代の他の現実を反映している。この時代の多くのテクストのなかで、なぜかパラノイアが日常的なものとなったのである。例えば、人気のあるアメリカのソングライター、ビリー・ジョエル（Billy Joel）の「レニングラード」（"Leningrad"）は、ニューヨーク州ロングアイランドの郊外で育った「コールド・ウォー・キッズ（冷戦時代の子供たち）」を描いている。

でも子供たちはレビットタウンに住んでいた
そして地下のシェルターに隠れた
ソビエトの船が向きを変え
キューバのミサイルを破壊するまで
晴れやかな一〇月の日差しのなかで
僕たちの幼少期は終わったのだと悟った（II 二三―二八行）

ジョエルが「レニングラード」で言及する、核シェルター（I 二四行）、キューバミサイル危機（II 二五―二六行）、ダック・アンド・カバー[1]の訓練（II 一四―一五行）は、冷戦期に育ったものにとっては驚くことではない。こういった要素や出来事は、一九六〇、七〇年代、アメリカ人の生活における集合的意識の一部だった。

核のレトリックはまた、核を扱わないテクストにおいても日常的にみられるようになった。アラン・ウィンクラーの『アメリカ人の核意識』といった先行研究に引き続き、ダニエル・コードルは『ステイツ・オブ・サスペンス』のなかで、核破壊を描いた文学よりもむしろ、核テクノロジーの脅威によって形作られ、影響を受けた作品を調査している。コードルは核の不安を冷戦の心理状態として扱い（三、四三）、トマス・ピンチョン、ドン・デリーロ、レズリー・マーモン・シルコウ、ポール・オースターといったポストモダン作家の作品のなかにこの主題を探求した。アラン・ナデルとエレイン・タイラー・メイによる「封じ込め文化」の研究に影響を受けたコードルは、特に核の不安が家庭にもたらす影響に興味をもっている。従って『ステイツ・オブ・サスペンス』の第六章のほとんどは、ティム・オブライエン（Tim O'Brien）の一九八五年の小説『ニュークリア・エイジ』（*The Nuclear Age*）に費やされることとなった。コードルは『ニュークリア・エイジ』を、「冷戦の地政学と家庭環境」を結びつけた「典型的な核の不安のテクスト」とみなしたのである（一三〇）。オブライエンの小説の四九歳の主人公は、元ウラニウム貿易業者であるウィリアム・カウリングである。幼少期から核攻撃の脅威に取り憑かれ、また以前の仕事に罪悪感を持ち続けるカウリングは、家族のための核シェルターを作るため、裏庭に穴を掘り始める。冷戦時代のCONELRAD（電磁放射制御）緊急テレビ放送や学校での「ダック・アンド・カバー」は、カウリングに消えない傷跡を残していた。彼はソ連の核攻撃による危険を肌身に感じている。「僕はベッドに横になり、枕をおなかの上にあてていた。僕は恐怖を追い払うことができなかった。僕は狂ってない。僕は幽霊なんか見なかった。向こうに、普通に視線の届く範囲のちょっと向こうに、僕の名前がついた爆弾があった」（六〇）。一九五八年は冷戦の絶頂期で、このとき、彼は初めて核シェルターをつくりたいという衝動に駆られたのだった。【図三】

カート・ヴォネガット（Kurt Vonnegut）の一九六三年の小説『猫のゆりかご』（*Cat's Cradle*）のように、特に核兵器や核戦争に言及していない作品においても、核兵器の脅威によって生み出された

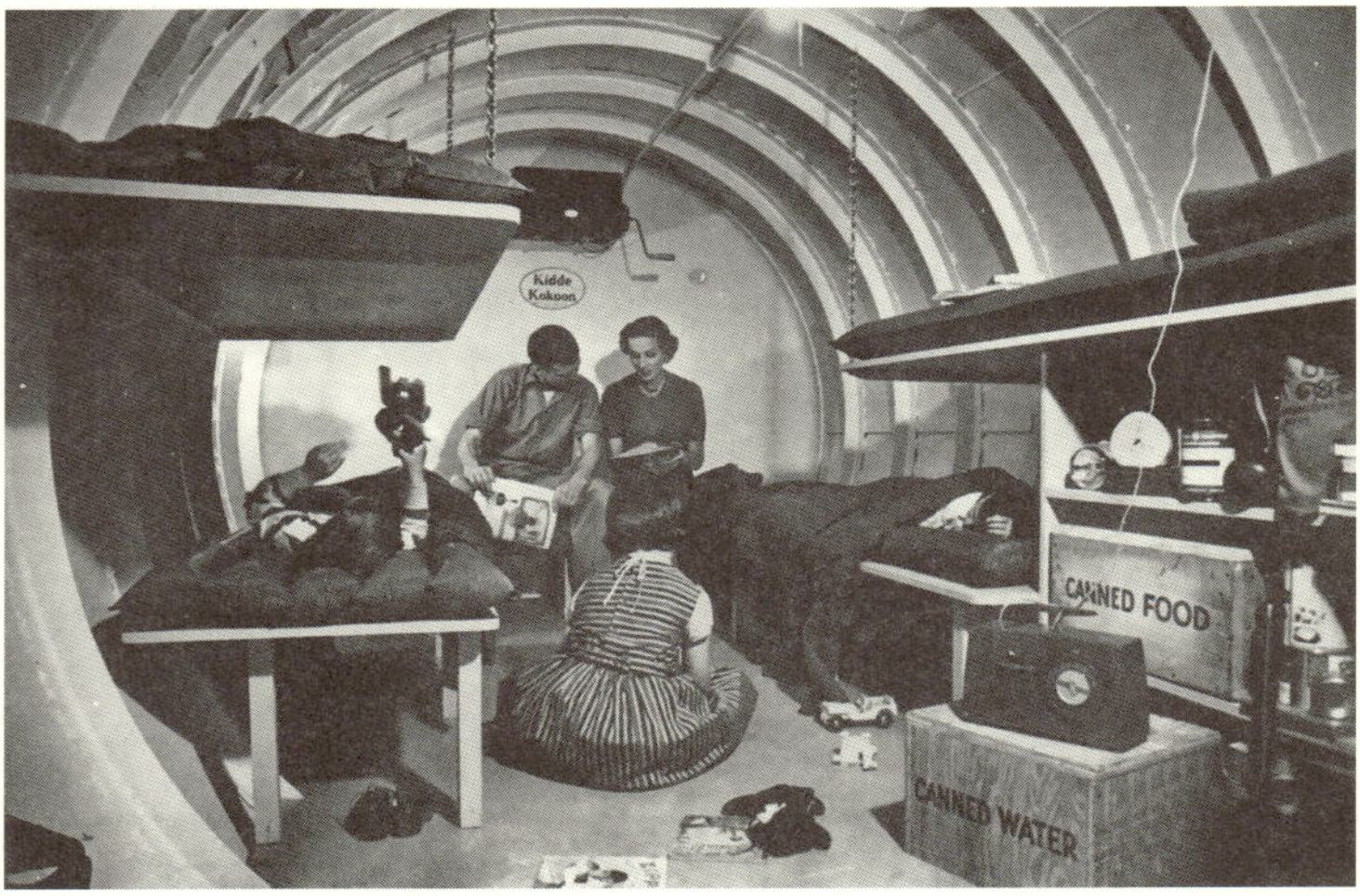

【図三】「キディ・コクーン」ウォルター・キディ核実験によって制作された核シェルター

不安は映し出されていた。第二次世界大戦中、ヴォネガットはドイツ兵に捕らえられ、戦争捕虜としてドレスデンの捕虜収容所で過ごしている。戦争捕虜としてヴォネガットは、連合国による爆撃がドレスデンを破壊する様子を目撃したわけだが、この総力戦の効果を目の当たりにした経験は、彼の反戦の立場に大きな影響を与えた。『猫のゆりかご』は、小説上でマンハッタン・プロジェクトに参加したフィーリクス・ハニカー博士に焦点を置くことで、アメリカの軍産複合体を風刺し、原爆の「父たち」を批判したブラック・コメディーである。ヴォネガットはまた、人類に核兵器を解放した責任を持つ物理学者たちの不道徳を攻撃してもいる。トリニティ・サイトの実験に対するハニカー博士の反応を描いた箇所で、ニュート・ハニカー（ハニカー博士の息子）は次のように述べている。「最初の原爆実験がアラモゴードで行われた日（中略）一人の科学者が父のほうをふりかえって言いました、〝今や科学は罪を知った〟父がどういう返事をしたかわかりますか？こう言ったのです、〝罪とは何だ？〟」（三四）。カイ・バード（Kai Bird）とマーティン・シャーウィン（Martin Sherwin）の評伝『アメリカのプロメテウス――J・ロバート・オッペンハイマーの勝利と悲劇』（*American Prometheus: The Triumph and Tragedy of J. Robert Oppenheimer*）によると、ハニカー博士の淡々とした反応は、実際にマンハッタン計画に関わったロバート・オッペンハイマーも含めた幾人かの科学者たちが示した懸念とは著しく異なっている。一九四五年一〇月一六日、ロスアラモス所長を辞任するときオッペンハイマーは、「もし原爆が、新しい兵器として戦争する世界の兵器庫に、あるいは戦争の準備をしている国の兵器庫に加えられたならば、人類が、ロスアラモスと広島の名前を呪うときが来るということだ」（三二九）と警告を残した。当時の著名な物理学者とは違って、小説中のハニカー博士は、広島と長崎の教訓から何も学ばない。冷戦時代、彼は「アイス・ナイン」を開発する。気温にかかわらずすべての水を氷にかえることのできる物質アイス・ナインは、使用されれば、アポカリプスをもたらす可能性を持つ。ヴォネガットは明らかに、アイス・ナインと熱核兵器の相似を描いた。そしてどちらの発明も道理に反していることを示した。だが、これらのテクノロジーのうち、フィクションなのは一つだけである。

## 五　核問題と環境

カート・ヴォネガットの小説が核テクノロジーによってインスピレーションを受けてきたように、核テクノロジーが人類にもたらす脅威は、多くのノンフィクション作品にも影響を与えてきた。一九六二年、ＤＤＴなどの殺生物剤の危険性を暴露したレイチェル・カーソンの『沈黙の春』は、核のホロコーストのアポカリプス的レトリックを反映していることで知られる。事実、カーソンが本書のなかで最初に言及した汚染物質は、殺虫剤ではなく、ストロンチウム90であった。ストロンチウム90は、一九五〇年代にアメリカとソ連で水爆実験をはじめてからというものの、ほぼ偏在的にみられるようになった核降下物の放射性物質である。カーソンは明らかに、後まで尾を引く殺虫剤汚染の影響を、ほぼ無限ともいえる放射能汚染物質の半減期と対比していた。「たとえば、自然の汚染。空気、大地、河川、海洋、すべておそろしい、死そのものにつながる毒によごれている。そして、たいていもう二度ときれいにならない。食物、ねぐら、生活環境などの外の世界がよごれているばかりではない。禍いのもとは、すでに生物の細胞組織そのものにひそんでゆく。もはやもとへはもどせない」（一四）。引用箇所は、すべての生物の相互依存を強調している。エコシステムの一部分が脅かされるとき、エコシステム全体が絶滅の危機に瀕する。それが核汚染によるものであろうと、死をもたらす化学合成物の無思慮な使用によるものであろうとも。

カーソンの環境的関心を踏襲したのが、テリー・テンペスト・ウィリアムス（Terry Tempest Williams）やテリ・ハイン（Teri Hein）といった作家である。彼女らの『鳥と砂漠と湖と』（*Refuge: An*

*Unnatural History of Family and Place*) や『アトミック・ファームガール』(*Atomic Farmgirl: Growing Up Right in the Wrong Place*) は、放射能汚染が人体にもたらす危険性について具体的に述べている。放射性降下物の影響に焦点をおいたウィリアムスの『鳥と砂漠と湖と』は、カーソンの殺虫剤に対する懸念を思い起こさせると同時に、生命のもろさと異なる生命体の相互関係を内省するカーソンの『沈黙の春』を反復しているといえるだろう。『鳥と砂漠と湖と』の最終章「片胸の女たちの一族」は、放射性降下物の人体への影響——特に彼女の家族でがんの治療を受けた九人の女性への影響——に思いを馳せる。ウィリアムスはユタ出身の彼女らを「ダウンウィンダーズ (downwinders)」、すなわち冷戦時代にネバダで行われた核実験による放射性降下物の犠牲となった人々であると見なしている。[2]「西部の砂漠地帯ではそれは有名な話だ。(中略) ネバダにおける地上核実験は一九五一年一月二七日から一九六二年七月一一日まで行われた。北に向かって吹く風が「低居住人口区域」を死の灰で覆い、風の通り道にいたヒツジたちを殺した。時代の空気も合っていた。(中略) 核実験に反対の立場をとれば共産主義体制に賛同するものと見なされたのだ」(三四二)。この引用のなかでウィリアムスは、核兵器の生物学的影響の考察の範疇を超え、ジュディス・メリルの『いろりの影』のような、初期の米原爆文学に反映されていた反共産主義的冷戦政治への批判を繰り返した。

テリー・テンペスト・ウィリアムスと同様、テリ・ハインは、アメリカ西部における「低居住人口区域」に対する政府の扱いに疑問を抱いた「コールド・ウォー・キッド (冷戦時代の子供)」である。ハインが『アトミック・ファームガール』に描いた風景とコミュニティは、ワシントン州南東部にあり、ハンフォード・サイトからの放射能汚染の影響にさらされている。冷戦時、秘密裏に稼働されたハンフォードは、全米で最も汚染された工業地域となった。調査報道記者であるマイケル・ダントニオ (Michael D'Antonio) は、『アトミック・ハーベスト――ハンフォードとアメリカ核兵器庫の致命的被害』(*Atomic Harvest: Hanford and the Lethal Toll of America's Nuclear Arsenal*) のなかで、「我々自身の核兵器庫を作る過程において、我々は自国の市民の多くを殺し、傷つけてきた。ダウンウィンダーズ（風下の住民）人口の健康に対する脅威は、何世紀にもわたって続いている。何百万トンもの廃棄物が武器生産で作られ、何千年ものあいだ有害なまま残ることになる」（八）と指摘した。長崎の原爆に使用されたプルトニウムの精製が行われたことで知られるハンフォードでは、一九八七年に作業が停止され、二年後、連邦政府のエネルギー省、アメリカ合衆国環境保護庁、そしてワシントン州エコロジー局が、固定廃棄物や液体廃棄物の浄化作業を開始した (Hanford.gov)。大規模な除染作業が行われたにもかかわらず、ハインが指摘しているように、「ハンフォードの老朽化した貯蔵タンクから放射性廃棄物が漏れたという報告は、今でも後を絶たない。ひどいもので百万ガロンもの高レベル放射性廃棄物を含んだタンクは一七七あり、これは地球上における最も危険な廃棄物が合計で約五千四百万ガロンあることを意味する」（二四六）。ハインの語りの主な関心は、コロンビア川、そしてハンフォードの川下にあるコミュニティや小麦畑に、核汚染がもたらす影響であった。

アメリカ西部におけるもう一つの重要な声は、エッセイスト・詩人であるアコマ・プエブロ族のサイモン・J・オーティーズ (Simon J. Ortiz) である。オーティーズは、最初の原子兵器が投下されたニューメキシコ州ホワイトサンズ・ミサイル実験場にあるトリニティ・サイトからさほど遠くない〈核の風景〉から声を上げた作家である。松永京子は論文「アポカリプスへの抵抗とサバイバル――サイモン・J・オーティーズの（ポスト）コロニアル・ニュークリア・ナラティヴ」（"Resisting and Surviving Apocalypse: Simon J. Ortiz's (Post)Colonial Nuclear Narrative"）のなかで、「アポカリプスの言説は、核産業が先住民の土地やコミュニティにもたらした破壊を含めた核の現実をカモフラージュする」（一六）と述べている。オーティーズは、一九八〇年に『ファイトバック――人々のために、土地のために』(*Fight Back: For the Sake of the People, For the Sake of the Land*)を出版して以来、南西部とそこに居住する人々に影響を及ぼす隠された核の現実に光を当ててきた。彼の後に続くウィリアムスやハインのように、オーティーズは環境や健康を脅かす核汚染を描いているが、これらの問題に加えてオーティーズは、人種や経済がいかに軍産複合体による搾取と結合しているのかを考察している。『ファイトバック』に収められたエッセイ「私たちのホームランド――国家の犠牲の地」（"Our Homeland: A National Sacrifice Area"）のなかでオーティーズは、次のように述べている。「アメリカの貧困層と労働者と白人中産階級の人々は（中略）、いかに自分たちがインディアン同様、アメリカの政治家たちと共謀して利益を分かち合う資本主義者に支配された国家の利益のために尽くすことを強いられているのかを、理解しなくてはならない。（中略）こうした理解が得られてはじめて（中略）そして私たちすべてに強いられた経済的・政治的抑圧を克服する行動がとられてはじめて、南西部の国家の犠牲の地はなくなるのだ」（三六一）。読者にDDTといった「沈黙の」殺人者を知らせるために力を尽くしたレイチェル・カーソンと同様に、オーティーズは、冷戦時代にアメリカの核戦略がアメリカ南西部の文化、風景、人々、そして経済にもたらした被害について、すべてのアメリカ人を教育しようと試みている。

## おわりに——テロの時代における核文学

ソビエト連邦は過去のものかもしれないが、核文化はいまだ、過去のものとなっていない。一九八〇年代後半、東西ブロックの関係が緩和したにもかかわらず、ニュークリアリズムはいまだアメリカ人の想像力をとらえている。そして、本論で扱った四つのテーマにしてみても、様々な媒体を横断しつつ、探求され続けている。冷戦から生まれた芸術、文学、映画は、エコクリティシズムやトラウマ研究といった様々な観点から、再検討され続けている。そして再検討される度に、古いテクストに新しい見識が生まれる。我々のエレクトロニクス時代における世界を揺るがす事件は、とてつもなく巨大で直接的な衝撃を核問題に与えてきた。とりわけ福島原発事故後に関連した問題としては、当然のことながら、核エネルギー（そして核廃棄物）が市民に及ぼす脅威が含まれるだろう。そしてまた、テロリストが核廃棄物を「汚い爆弾」に使用する脅威も加えておこう。こういった考えは過去数年において、アメリカの政治、アクティヴィズム、アカデミアに多大な影響を及ぼしてきた。さらに付け加えていえば、新たな文化的産物（「バイオハザード」といったビデオ・ゲームなど）もまた、生み出され続けている。このような文化的産物でさえも、冷戦心理や核の不安によって形成されてきたのだった。

＊本稿は『原爆文学研究』一一号（二〇一二・一二）に掲載された論文「ニュークリアリズムと戦後アメリカ文化」に、加筆・修正を施したものである。

## 注

（1）「ダック・アンド・カバー」は、学校などで行われた訓練で、子供たちは核攻撃から身を守るために、机の下に身を隠すよう訓練されていた。

（2）直訳すると「風下の人」。通常、核実験や原子力事故などによって被曝した人々を指す。

## 引用・参考文献

Bird, Kai and Martin J. Sherwin. *American Prometheus: The Triumph and Traged of J. Robert Oppenheimer*. New York: Vintage, 2005.

Bond, Michael. "Joe Penhall: Humanity after apocalypse." *New Scientist* (online). Web. 9 May 2014. <http://www.newscientist.com/blogs/culturelab/2010/01/joe-penhall-humanity-after-apocalypse.html>.

Brians, Paul. *Nuclear Holocausts: Atomic War in Fiction, 1895-1984*. Kent: Kent State UP, 1987.

Carson, Rachel. *Silent Spring*. 1962. Anniversary Edition. New York: Houghton Mifflin, 2002.

Cordle, Daniel. *States of Suspense: The Nuclear Age, Postmodernism and United States Fiction and Prose*. Manchester: Manchester UP, 2008.

D'Antonio, Michael. *Atomic Harvest: Hanford and the Lethal Toll of America's Nuclear Arsenal*. New York: Crown, 1993.

Forché, Carolyn. "The Garden Shukkei-en." *Atomic Ghosts: Poets Respond to the Nuclear Age*. Ed. John Bradley. Minneapolis: Coffee House P, 1995.

Hanford. Department of Energy. Web. 6 June 2014. <http://www.hanford.gov/>.

Hein, Teri. *Atomic Farmgirl: Growing Up in the Wrong Place*. 2000. New York: Mariner Books, 2003.

Hersey, John. *Hiroshima*. 1946. New York: Bantam, 1968.

———. "A Reporter at Large: Hiroshima." *The New Yorker* 31 Aug. 1946: 15-68.

Jergensen, John. "Hollywood's Favorite Cowboy." *Wall Street Journal* 20 Nov. 2009: W6.

Joel, Billy. "Leningrad." *Storm Front*. Prod. Billy Joel and Mick Jones. Columbia Records, 1989.

Lifton, Robert Jay, and Greg Mitchell. *Hiroshima in America: A Half Century of Denial*. 1995. New York: Avon, 1996.

Matsunaga, Kyoko. "Resisting and Surviving Apocalypse: Simon J. Ortiz's (Post) Colonial Nuclear Narrative." *Southwestern American Literature* 34.1 (2008): 15-27.

McCarthy, Cormac. *The Road*. 2006. New York: Vintage, 2006.

Merril, Judith. *Shadow on the Hearth*. New York: Doubleday, 1950. Web. 12 July 2012. Available online at authorsbookshelf.com <http://arthursbookshelf.com/sci-fi/merril/Shadow%20on%20the%20Hearth%20-%20Judith%20 Merril.pdf>.

Michaud, Jon. "Eighty-Five from the Archive: John Hersey." *The New Yorker* 8 June 2010. Web. <newyorker.com>.

Monbiot, George. "Civilisation ends with a shutdown of human concern. Are we there already?" *The Guardian* (UK) 30 Oct. 2007: 29.

O'Brien, Tim. *The Nuclear Age*. New York: Knopf, 1985.

Ortiz, Simon J. "Our Homeland: A National Sacrifice Area." 1980. *Woven Stone*. Tucson: U of Arizona P, 1992. 337-63.

*The Road*. Dir. John Hillcoat. Screenplay by Joe Penhall. 2029 Productions, 2009.

Vonnegut, Kurt. *Cat's Cradle*. New York: Dell, 1963.
Weart, Spencer R. *The Rise of Nuclear Fear*. 1988. Cambridge: Harvard UP, 2012.
*White Light/Black Rain: The Destruction of Hiroshima and Nagasaki*. Dir. Steven Okazaki. HBO films, 2007.
Williams, Terry Tempest. *Refuge: An Unnatural History of Family and Place*. 1991. New York: Vintage, 1992.
Winkler, Allan M. *Life Under a Cloud: American Anxiety about the Atom*. Urbana: U of Illinois P, 1993.
"To Our Readers." *The New Yorker*. 31 Aug. 1946: 15.
*The Official Billy Joel Site*. Web. 9 May 2014. <http://www.billyjoel.com/>.
アラン・M・ウィンクラー『アメリカ人の核意識――ヒロシマからスミソニアンまで』麻田貞雄、岡田良之助訳、ミネルヴァ書房、一九九九。
カート・ヴォネガット『猫のゆりかご』伊藤典夫訳、早川書房、二〇一二。
コーマック・マッカーシー『ザ・ロード』黒原敏行訳、早川書房、二〇一〇。
ジョン・ハーシー『ヒロシマ』石川欣一、谷本清、明田川融訳、法政大学出版局、二〇〇三。
ティム・オブライエン『ニュークリア・エイジ』村上春樹訳、文春文庫、二〇一一。
テリー・テンペスト・ウィリアムス『鳥と砂漠と湖と』石井倫代訳、宝島社、一九九五。
レイチェル・カーソン『沈黙の春』青木簗一訳、新潮文庫、一九九八。

# 被ばく地表象の可能性
## ――林京子「収穫」を中心に――

中野和典

### 一

林京子「収穫」は二〇〇二年一月に『群像』に発表された。[1] この小説は一九九九年九月三〇日に東海村の株式会社ジェー・シー・オー（JCO）東海事業所ウラン転換加工施設で起きた臨界事故を題材にしている。臨界事故を題材にしていると言っても、この小説が焦点を当てているのは施設の内部ではなく、それに隣接する畑で芋を作っている「七十八歳」の「男」である。なぜ、「男」に焦点を当てたのか。林は自作解説の中で次のように語っている。

「収穫」は、東海村の臨界事故の現場を訪ねて書いた。来るべきものが来た、切羽詰まった思いがあった。（中略）トリニティ・サイトから帰って二ヵ月後の十二月十二日、私は東海村に出かけた。「収穫」は小説だが、ドキュメントに近い。駅から事故現場まで歩き、人気のない工場の塀の内をのぞき、塀に沿って一廻りして裏手の畑に出た。肥料が効いた黒々とした畑の上に、紅色のさつま芋が転がっている。甘そうに太った、さつま芋である。畝をまたいで畑に入り、転がっているさつま芋をとってみた。実がしっかりしている。二つ三つと手にしてみると、腐りかけているのもある。他にも姿形のいい芋が、あちこちに転がっている。

私は、畑に隣接した農家に入って理由を聞いた。収穫は終わった、と農家の主人はいった。掘り返された土の上に、立派なさつま芋が放置されている不思議な光景について、私は質問をやめた。百姓が収穫物を放置するのは、我が子を捨てるようなものである。事故現場とは、農道一つを隔てたばかりの隣り組なのだ。彼は放射能が人体に及ぼす怖さを、十分に承知しているのである。

私は被爆者として生きてきた僅かな体験を話し、参考になるならと考えながら、黙って農家を去った（四八八―八九）[2]。

林は「収穫」を「東海村の臨界事故の現場を訪ねて書いた」と語っているが、ウラン転換加工施設については「人気のない工場の塀の内をのぞき、塀に沿って一廻り」しただけのようである。むしろ、林の目を引いたのは、施設の「裏手の畑」に広がっていた「掘り返された土の上に、立派なさつま芋が放置されている不思議な光景」の方であった。この光景こそ林が直接に触れた「臨界事故の現場」だったのである。これは臨界事故が、火災や水難など他の事故よりもはるかに現場の範囲を限定しづらいものであるために起きることである。ＪＣＯの臨界事故が発生したときには、東海村は九月三〇日の一五時三〇分から一〇月二日の一八時三〇分まで施設から三五〇メートル圏内の住民に避難要請をし、茨城県は九月三〇日の二二時三〇分から一〇月一日の一六時三〇分まで一〇キロメートル圏内の住民に屋内退避を要請したが、これが過不足のない対応であったか否かについては意見が分かれている。[3] 放出される放射性物質がどの地域に、どの程度の影響を与えるのかを把握できないまま現場が広がってしまうことが臨界事故の特質なのである。そのため、施設だけではなくその「裏手の畑」も「臨界事故の現場」になってしまう。

林はこのように「臨界事故の現場」に対する体験の直接性を語る一方で、おそらく体験の間接性も自覚して、そこで出会った「農家の主人」には控えめな態度で向き合っている。この「農家の主人」こそ「収穫」で焦点を当てられる「男」のモデルになった人物に違いないが、林は彼に「被爆者として生きてきた僅かな体験を話し、参考になるならと考えながら」も「黙って農家を去った」のである。これは臨界事故のために「収穫物を放置」するしかなかった「農家の主人」が「我が子を捨てるような」心痛を抱え、「放射能が人体に及ぼす怖さ」を切実に感じているであろうことを推察した上での遠慮だったようである。おそらく林には「被爆者として生きてきた」自分の体験を語ることによって「農家の主人」の心痛や恐怖を和らげられるとは思えなかったのだろう。突然「放射能が人体に及ぼす怖さ」にさらされるという点は似ていても、歴史的な経緯やその人の置かれた状況などさまざまな違いもあるため、五四年前に被爆した林とまだ被曝してから日の浅い「農家の主人」との間にどれほどの共感が成立するかは分からない。[4] もし、林が共感をこめて自分の体験を語っても、「参考」になるどころか、かえって相手の心痛や恐怖を深めてしまうかもしれないのである。

林が「被爆者の私にとっては、是非みておきたい場所」として「一九四五年七月十六日、地球上ではじめて原子爆弾の実験が行われた、グランドゼロの地である」米国ニューメキシコ州のトリニティ・サイトを訪れたのは一九九九年一〇月二日のことであるから、[5] 彼女が東海村を訪れたのは臨界事故の発生から七三日後に当たる一九九九年一二月一二日であったことになる。この七三日という時差が林に臨界事故に対する体験の間接性を自覚させたことは想像に難くない。別の自作解説によれば、林が東海村を訪れた時には臨界事故は「もう沈静化してい」たのである。[6] そこで林は「イモ畑に続いた庭で犬とひなたぼっこをして」いた「七〇歳ぐらいのご老人」に出会ったのだが、「どうしても面と向かって質問が出来ない」で「そのまま通り過ぎようとした」ところ、同行していた編集者に「せっかく来たのに何で聞かないんですか」と言われ、編集者から「ご老人に声をかけて話のきっかけを作って」もらって、ようやくその人物と言葉を交わすことができたのだという。[7] 林の遠慮ぶりがうかがえるエピソードである。

　このように見ると、林が「男」に焦点を当てて「収穫」を書いたことには単純ではない問題が含まれていることが分かる。林は取材においては「農家の主人」に控えめな態度で向き合いながら、小説においては「男」を視点人物にしてその内面に踏み込む描き方をしているのである。林は「収穫」を「小説だが、ドキュメントに近い」ものと位置づけているが、この小説は「ドキュメント」（記録）と呼ぶには虚構性が強い。もし記録性を重んじるのならば、たとえば被爆者の「私」がトリニティ・サイトを訪れる「トリニティからトリニティへ」[8] のように「私」が「臨界事故の現場」を訪れるという形式で小説を書くこともできたはずである。しかし、林はあえて三人称の語りで「男」の内面に踏み込んで「収穫」を書いた。このことにはどのような意味があるのだろうか。それを問うことは臨界事故を描く際の記録性と虚構性の関係、さらには被爆表象と被曝表象の関係を問うことにもつながるだろう。本稿では「収穫」で用いられているさまざまな修辞の分析を通して、これらの問いを追究したい。

## 二

最初に注目したいのは、「収穫」の語り口である。小説の冒頭は次のようになっている。

お日さまは元気に、機嫌よく輝いている。いつものように男は、納屋の前の日溜まりにおいてある籐椅子に腰をおろして、紙巻き煙草を半分にちぎり、キセルに詰めた。それからゆっくり胸の芯まで煙を吸って、吐き出した。その日に使う鋤や鍬の手入れを済ませて、うっすり汗をかいた後の一服である。男が一番気に入っている朝の一刻で、飼犬も心得ているから、静かに男の足許にねそべっている。男は七十八になる。村の人は、山田の爺さん、と呼ぶが、ラクダのシャツからのぞいた首筋は黒ぐろと日に照り、キセルをもった右の二の腕は、短いが、力瘤が盛り上がっている。

男はこの家の主人である。代々、この土地に住んで、田畑を耕して暮してきた（二六二）。

「お日さまは元気に、機嫌よく輝いている」という擬人法によって「収穫」は語り出されている。この他にも芋については「お日さまに暖められて、土のなかで笑いさざめきながら太っていく芋たちの喜びが、伝わってくる」、「芋たちが土のなかで、日の目をみるときを待っている」、「芋たちの気持」、「暗い土のなかに何ヵ月もいて、日の光に焦がれている芋たち」といった擬人法が用いられている。また、「男」が飼っている犬の「シロ」については「多分俺たちは同じころに逝くだろう、と父親もシロも互いに了解している」、「シロが、耳を立てて立ち上がると、おやじさん！　と一声吠えてから、唸り出した」とあたかも人間どうしのように意志を伝えあうさまが描かれている。これらの擬人法は「代々、この土地に住んで、田畑を耕して暮してきた」という「男」が、「お日さま」つまり天候、「芋たち」つまり植物、「シロ」つまり動物と濃密にコミュニケーションを行い、それら生活に密着したものに強い親近感を持っていることを表している。そして、冒頭の「日溜まり」で「朝の一刻」を安らかに過ごしている「男」と飼犬のイメージは、後に語られる「お日さまに暖められて、土のなかで笑いさざめきながら太っていく芋たち」のイメージに重ねられ、それら四者の関係の親密さが強調されているのである。

　また、「お日さま」という太陽の呼び方は親しみを込めた呼び方であると同時に、幼児に語って聞かせるような呼び方でもある。この他にも「村の人」から「山田の爺さん」と呼ばれている「男」、「五十歳をすぎている」その「息子」、新聞記者の「若い男」というように登場人物を呼ぶのに固有名詞がほとんど用いられず、代わりに普通名詞が用いられているのもこの小説の特徴である。むしろ犬の方が「山田シロ」と姓名で呼ばれているが、これも「初代が白毛の犬だったので、小舎が壊れない限り山田家の犬はずっと、シロなのである」という由来を持つ「五代目」の「山田シロ」なのであり、むしろ「男」と「シロ」たちとのつきあいの長さを示しつつそれぞれの犬の個別性を弱めるような呼び名になっている。「お日さま」と「男」と「シロ」という呼称の取り合わせには、ほとんど童話や昔話のような趣きがある。これもまた「代々、この土地に住んで、田畑を耕して暮してきた」という「男」の暮らしの単純さを表すものである。そして、それは「いつものように」「その日に使う鋤や鍬の手入れ」をし、その「後の一服」を楽しみ、続いて「日課になっている、海岸までの散歩」をするといった「男」の生活の秩序立ったさまが描かれることによって補強されている。

このように「収穫」は擬人法と普通名詞を多用することによって、農業を営む「男」と天候や動植物との関わりの深さと、その秩序立った暮らしの単純さを強調しているのだが、これらの点に限って言えば、「収穫」には特に表現としての新しさは認められない。童話や昔話に近い形式で書かれているということは、紋切り型の表現に満ちているということでもある。むしろ、この小説ではあえて紋切り型の表現を多用することによって、「男」の生活のこの上ない単純さと安定感を印象づけているのである。

しかし、この単純さと安定感は臨界事故の発生によって一気に破られる。「収穫」はその瞬間を次のように描いている。

父親は腕時計をはずして椅子の上においた。十時を三、四十分まわっている。そのときだった。疲れてねそべっていたシロが、耳を立てて立ちあがると、おやじさん！　と一声吠えてから、唸り出した。道に人の影はなかった。遠くの足音を聞きつけたのか、と父親は道を窺う。人の気配はない。うるさいぞ、とシロの鼻面を息子が叩く。シロは、甲高く吠えはじめた。前足を踏ん張って攻撃の姿勢をとっている。そして怯えている。吠える相手が、確認できない様子である。父親と息子は、道にはみ出した芋の蔓を畝に返しながら、空を見上げた。地上の異変は、空と太陽が映してくれる。空は、つい先刻まで自転車の行く手に輝いていた青空と、変わりがなかった（二六七）。

この場面について黒古一夫は「動物＝犬が人間より先に異変（臨界事故）に気付くというのは、おそらく核の最初の被害者がガラガラ蛇たち荒野に生息する生物であったことを知ったトリニティ行きによって得られた着想と言っていいだろう」[9]と論じている。確かに、「収穫」と「トリニティからトリニティへ」の関係を考えることは重要だが、厳密に言えば犬が気づいたのは臨界事故そのものではなく、施設内で鳴り出した警報装置やにわかに騒がしくなった人々の気配だったと考えるべきだろう。人間よりもはるかに鋭い聴覚や嗅覚を持つ犬でも、臨界時に放出される放射線を感知することはできず、いわゆる炭鉱のカナリアの役割を果たすことはできないのである。臨界事故が起きた「十時を三、四十分まわっている」時刻に[10]突然「シロ」は吠え始めるが「相手が、確認できない様子」なのであり、「男」と「息子」も「異変」を感知できずに変わりない「青空」を見上げるばかりである。施設を囲む塀のために「芋畑の一部分に朝日が差さなくなった」というほどの至近距離で事故が起きているのに、それを五官によって感知できないという恐怖。この小説が描き出すのは単純さと安定感に満ちた日常が、「異変」を感じられないまま非日常へと転落する瞬間なのである。

## 三

非日常への転落を際立たせるために「収穫」で用いられているのは、カタカナ書きの挿入である。「サイレン」や「人が騒いでいる」のは聞こえても「塀の内」で何が起きているのかは分からないまま「男」と「息子」は自宅へ戻るが、「昼をすぎて」も「無線」からは「避難」、屋外の「拡声器」からは「屋内退避」という指示が飛び交う混乱ぶりである。[11] その後、家へやって来た「眼鏡の男」から「三五〇メートル以内の住民に避難勧告が出て」いることを知らされるが、その男も「事故かね」という「息子」からの問いかけに「判りません」と答えることしかできない。「男」と「息子」はテレビを見て、ようやく「異変」の正体が臨界事故であるらしいことを知る。


新しい事実が報道されて、目の前で起きている事故が映像で送られてくる。妙な気持ちである。事故現場の目の前にいながら、画面を通してしか、情報が伝わらないのである。おまけに、どの放送局も一言一句乱れのない、同じ文句の情報である。流言飛語も、噂話も差し込む隙がない。本当のことはどうなっているのか、比べる材料もない。

「臨界事故の可能性があります」とアナウンサーがいった。作業中の職員二、三人が熱線をあびたらしい。朝、挨拶を交わした守衛の顔が、父親の脳裏をかすめた。あいつが働いてたな、と息子が幼馴染みの名前をいった。

「臨界事故」の説明を、アナウンサーと専門家がはじめた。何回聞いても、父親には理解できなかった。

俺にもよくわかんねえけど〝臨界事故〟とは〝ウラン燃料ガ　アル条件デ一ツノ場所ニ集マリマス

ト　核分裂ガ起コリマス　核分裂反応ガ一定ノ割合デ持続サレル状態ニナルコトヲサシマス　スナワチ連鎖反応ガ起キマスト　コノトキ放射線ヤ高熱ガ発生シマス〟だってよ、おやじ、アナウンサーの口写しに、息子が説明した（二六九）。

ここで語られる「妙な気持ち」とは、「目の前」で事故が起きているにもかかわらず、はるか遠くから送られてくる「映像」を介してしか状況を把握することができないという感覚の混乱から生まれている。この「妙な気持ち」は「主役である父親たちの頭上を飛び越えていくニュースに、父親は納得がいかなかった」とも語られることによって強調されている。「自分が現場にいるという実感が湧」かない「男」には、自分が「主役」つまり当事者であるという実感も湧かないのである。

この実感の持ちにくさは大きく二つの理由から生まれている。一つは先述の通り、放射性物質も放射線も五官で感知することができないものであることによる。たとえ事故が「男」の語る通り「目と鼻の先」で起こっていても、それが臨界事故ならば、目も鼻も利かない。「息子」が語る「核燃料っていえば放射能だろう、事故はそれしか考えられない、目にみえないけれどもよ」や「相手は目にみえねえ放射線だよ」という言葉はそのことを端的に表している。もう一つの理由は、核エネルギーに関する知識や技術が非専門家には理解が及ばないものになっているという、いわゆるブラックボックス化によるものである。[12]と言うよりも、専門家の管理下において起きてしまった東海村の臨界事故は、非専門家だけでなく、専門家や現場の作業員さえもが安全を確保するのに十分な知識や技術を持っていないことを露《あら》わにした出来事であった。[13]この分かりにくさのために各報道機関も独自の取材や分析がしづらくなり、特に事故の発生直後には「本当のことはどうなっているのか、比べる材料もない」ほど報じ方が画一的なものになってしまう。「アナウンサーと専門家」による「「臨界事故」の説明」を「何回聞いても、父親には理解できなかった」という言葉が表しているのは、「専門家」の説明のまずさや「男」の理解力の乏しさではなく、核エネルギーに関する情報の本質的な分かりにくさなのである。

このように臨界事故がもたらすものが感覚的にも認識的にも捉えにくいため、現場にいても当事者としての実感は持ちにくくなる。言い換えれば、臨界事故がもたらすものとはそれだけ日常的な感覚からはかけ離れたものなのである。そのような臨界事故の非日常性を非日常的な文体によって表したのが「ウラン燃料ガ　アル条件デ一ツノ場所ニ集マリマスト……」というカタカナ書きである。これは日常の描写が紋切り型の表現に満ちていればいるほど、異質なものとして浮かび上がる効果を持っている。日常の内に突如現れた出来事の非日常性を文体によって描き分ける手法は、たとえば「この辺の印象は、どうも片仮名で描きなぐる方が応はしいやうだ」と言って、被爆した街の光景を「パット剝ギトッテシマッタ　アトノセカイ」と描いた原民喜「夏の花」（『三田文学』一九四七・六）などでも用いられているが、「収穫」の特徴はカタカナ書きによって報道の言葉をおとぎ話や夢のイメージにつなげているところにある。

ここで言うおとぎ話とは浦島太郎のことである。臨界事故が起きた日の朝、「男」が「日課になっている、海岸までの散歩」をしているときの様子は次のように描かれている。

父親は道を換えて、村で一番広い大通りに出た。白壁に黒い瓦をかぶせた塀が、青く晴れた空を背に延々と続く。工場や、海辺に研究所と発電所が出現するまでは、四方八方、芋畑と野菜畑だった。鎮守の森がぽつぽつと茂っていて、その先に海と空が広がっていた。海までの野道には、春になるとタンポポが咲き、自転車の太い車輪から、根を張ったカヤの弾力が体にしみ渡ってきた。

　コンクリートで固められた道路を走るたびに、父親は〝ナカカラパットシロケムリ　タチマチタロウハ　オジィーサンー〟と歌ってしまうのである（二六六）。


ここには「工場」（核燃料加工工場）や「研究所」（原子力研究所）や「発電所」（原子力発電所）といった原子力関連施設が建てられたことによって「村」（東海村）がいかに変貌したかが描かれている。「白壁に黒い瓦をかぶせた塀」が「延々と続く」ようになったのは「田畑」の「買収」のために「賠償金」が支払われた結果であり、「野道」が「コンクリートで固められた道路」に変わったのは原子力関連施設の建設にともなう道路整備の結果である。[14] また、村外からの人口の流入については「一万人に満たなかった村の人口が、工場や、海岸に建った幾つかのビルディングのおかげで、三倍以上の大所帯になった」と語られ、地元の人間についても「百姓をやめた者と、土に執着している者との間に、生まれ変わった村は目に見えない歪みを作っている」と語られている。「村」の変貌は劇的なものだったのである。「男」がつい「歌ってしまう」という「ナカカラパットシロケムリ　タチマチタロウハ　オジィーサンー」とは、そのような「村」の変貌をつぶさに見てきた彼の隔世の感を、玉手箱を開けてしまった浦島太郎の姿に重ねて表したものである。

　ただし、このカタカナ書きの歌詞は、新聞記者の「若い男」から事故の際「大音響」や「異臭」

や「煙」など変わったことがなかったかと問われて、「男」が「〝ナカカラパットシロケムリ〟かね、そんなことはなーんも」と答えていることに表れているように、臨界事故にも結びつけられている。すなわち、浦島太郎にとって玉手箱が得体の知れない箱だったように、「男」にとって原子力関連施設は得体の知れない箱だったのである。核エネルギーの技術開発をパンドラの箱と結びつけるのは、ほとんど常套《じょうとう》的な表現になっていると言えるが、この小説はそれを玉手箱と結びつけながら両者の差異を示してもいる。それは「〝ナカカラパットシロケムリ〟かね、そんなことはなーんも」という「男」の言葉通り、臨界事故のときには「シロケムリ」すら見えないと語ることで「目にみえねえ放射線」の捉えにくさをあらためて示しているということであり、さらに言えば、原子力関連施設の持つ時間が玉手箱のそれをはるかに超えるものであることを示しているということでもある。「ナカカラパットシロケムリ　タチマチタロウハ　オジィーサンー」という歌詞は、もともと文部省唱歌「浦島太郎」(15)の五番の後半部分であるが、その唱歌のもとになった巌谷小波「浦島太郎」(16)でも、さらにそのもとになった御伽草子《おとぎぞうし》でも玉手箱に封じ込められていた時間は七〇〇年とされている。(17)一方、発生から約二〇時間後に臨界を終息させた東海村の事故のときには施設周辺の避難要請も発生から約五六時間後に解除されたが、もっと深刻な事態になっていたら、人体や環境への時間的な影響は計り知れないものになっていた可能性がある。「かつて村の漁師たちが海から持ち船を引き揚げてしまった日のように、畑にもその日がくるのではないか」という「男」の不安は現実のものになっていたかもしれないのである（この不安は福島第一原子力発電所事故の発生以来、その周辺地帯では現実のものになってしまっている）。事故が起こらなくても、原子力関連施設で取り扱っているウランの半減期は億単位の年月なのであり、実験や発電のときに排出される放射性廃棄物の処分には万単位の年月がかかるのである。

　このように「収穫」は、原子力関連施設と玉手箱をともに得体の知れない箱としてイメージを重ねた上で、両者が内包している圧倒的な時間の差異を暗示することによって、それが人の手に余るものであることを示しているのである。また、原子力関連施設の建設にともなう「村」の変貌やそこで起きた臨界事故をおとぎ話のイメージに接続することによって、それらの出来事に対する現実感の持ちにくさを強調しているのである。

## 四

「収穫」においてカタカナ書きで描かれるもう一つのものは夢のイメージである。これは「塀の内部で得体の知れない事故が起きてから、二ヵ月がすぎた」ときに「男」のもとを訪れた新聞記者の「若い男」との対話として描かれる。事故のあと「入れ替わり立ち替わり、幾十人もの人間から同じ質問をされた」ため、もう「質問は沢山である」と思っていた「男」は、「若い男」をやりすごそうと籐椅子に腰かけたまま「目を閉じた」のだが、彼が自分の講読している新聞の記者と知って、つい「口をきいて」しまう。

ウマソウナ芋ガ転ガッテマシタガ、ナカ、ブカブカデシタ、事故デ出荷デキナカッタ？

いや、事故の前に掘っていたからね、と男は嘘をついた。収穫の日の畑の様子を思い浮かべると、切なくなるのである。

男が芋掘りをしたのは、事故から一週間ほど経ってからだった。検査から戻ってきた息子と二人で掘った。男の芋畑に「人工放射性核種」の影響があるのかないのか判らないが、収穫期にある芋を、放っているわけにはいかない。捨てる結果になっても、暗い土のなかに何ヵ月もいて、日の光に焦がれている芋たちに、誠意は尽くしてやりたかった。それによ、俺が喰うのは自由だっぺ、と息子にいった。気が済むようにすりゃあいい、おやじの芋だもんな、と優しく息子がいった。

男も芋も、それぞれの最後の期を迎えて、最悪の騒動に巻き込まれるとは、時の巡りあわせではあるが、不運である。ついていない芋たちの半分は、母屋の床下に掘ってある穴に貯蔵した。土を乾かして、モミガラをかぶせてある。残った芋は不憫ではあるが、畑に放置してある。いずれ大地に還ってくれるだろう。

偉イオ役人ガ宣伝シテイマシタネ、イモ喰イパホーマンス、役ニ立チマセンデシタカ。

村の芋がうまいのは知れたこと、偉いさんはなーんも知っちゃあいねえよな、重体の男は、その隣り村のもんだよ、今日あすらしい、気の毒にな、と男がいった（二七五）。

対話の合間に「瞼の内を若い男が歩いてくる」や「瞼の内のシロは茜色の毛をしている」や「顔を近々と寄せて、若い男が聞く」といった描写も挿入されていることから、「男」が「目を閉じた」まま「若い男」と話しているつもりでいることが分かるが、やがて「シロの鳴き声」を聞いて「男」が目を開けると、「若い男」は「やせた後姿」を見せながら畑の中を歩いており、「男」は「夢かうつつか、と首を傾げる」のである。このように「若い男」との対話は、どこからが夢なのか、そもそも対話自体が実際に交わされたものなのかどうかもはっきりしない形で描かれている。もし、夢であるとすれば、「男」は「若い男」との対話という形で、この「二ヵ月」の間に「幾十人もの人間から同じ質問をされた」というやりとりを反芻《はんすう》していることになるだろう。夢にも現れるということは、それだけ事故の後に報道関係者との間で反復されたやりとりが「男」にとってしっかりと内面化されているということである。しかし、それでも「夢かうつつか」分からないということは、事故から「二ヵ月」の間、取材に応えることを通して繰り返し事故に向き合いつづけてもなお、事故をどう理解すればよいのか「男」には整理がつかないでいるということでもある。事故の「次の朝」には「男」は「保健所」からの電話に「目まい」も「吐きけ」も「なーんもねえよ」と答えたのであり、事故から「二、三日後」には「採集したうちの、三十数ヵ所の土壌から「人工放射性核種」が検出された」ものの、「人間が自然界から受ける線量より、〝ずっと低い値〟」だという発表がなされたのだった。それでいて体調については「先の保証」はなく、「男の芋畑に「人工放射性核種」の影響があるのかないのか判らない」ままなのである。何より、「今年の芋は、最高の値がつくだろう」という出来栄えだった芋が「事故の影響を心配して買い手がつかず、さばけなくなった」ことをどう受け入れればよいのか。

「若い男」からの問いに正直に答える「男」が、ただ「事故デ出荷デキナカッタ？」という問いに対してだけ「嘘」を返すのは、たとえ事実であってもそれを認めたくなかったからである。もう「さばけなくなった」芋を「事故から一週間ほど経ってから」掘り出さずにはいられなかったのも、「畑に放置してある」芋が「いずれ大地に還ってくれる」ことを願わずにはいられないのも、ひとえに畑と芋への愛着ゆえである。畑は「三百年間、土を耕してきた先祖」から受け継いだものを、「男」が「南の島で捕虜になった」後に「復員して」から「水捌けが悪い庭続きの畑に草木の灰をまき、腐葉土を埋めて、さつま芋専用の土を造り上げた」という手の入ったものであり、芋は「食糧難の時代に」「代用食として食べさせられた」「水っぽいさつま芋」の思い出を梃子《てこ》にして「いまでは芋あんを売りものにしている和菓子屋が、畑ごと買い上げてくれる」までに育て上げたものである。「男」にとって畑と芋は単なる生活の糧ではなく、祖先への思いや戦中戦後の自身の記憶に結びついたかけがえのないものだったのである。夢の中の「嘘」によって強調されているのは、反復された報道関係者とのやりとりにおいてはおそらく一度も語られることのなかった、かけがえのないものを汚された「男」の痛みなのである。

このように「収穫」は、カタカナ書きによって臨界事故の報道とおとぎ話と夢を紋切り型に満ちた日常の描写から際立たせつつ、それらのイメージをつなぐことによって、臨界事故がもたらすものの捉えがたさと計り知れなさを表象している。「収穫」が「ドキュメント」と呼ぶには虚構性が強いというのは、特にこの点においてである。

## 五

最後に「収穫」と他作品の関係について考えたい。「収穫」は「最後の芋作りになるかもしれない。勝負してみるか、霜が解けて白い蒸気をあげている畑をみて、男がいった」と結ばれている。「野良着」の「泥のしみまで、浄化してみせ」るという「お日さま」が畑の「霜」を解かしているのを見ながら「男」が再び「芋作り」を決意するという結末は、いかにも前向きなものに見える。ただし、「男の芋畑に「人工放射性核種」の影響があるのかないのか判らない」ままであることを考えると、この結末は楽観的なものとは言えない。「勝負してみるか」という「男」の言葉も不安が消えないからこそ意味を持つのである。

渡邊澄子はこの小説が「親子に核燃料加工工場にも国にも忿怒や批判をさせ」ずに「名もない民衆が政治の犠牲になる様相を淡々と描いている」ことに注目し、「核・放射能に鈍感な普通の人の無知、無関心」が「核・放射線問題を許容」することにつながるという「恐怖の自覚を促す批評性を忍ばせている」のだと論じている。[18]確かに、名指しで「核燃料加工工場」や「国」が批判されることはないが、それは「男」が原子力関連施設の誘致にともなう「村」の人間関係の変化を「ややこしくなったもんだ」と語っていることに表れている通り、彼が「国」対「民衆」という単純な二項対立で状況を捉えていないからである。だからこそ「男」は「村に余計なものは要らねえ、だから俺はあのとき反対した」と「国」だけでなく反対しなかった「民衆」をも批判しているのである。また、「男」が「偉いさんはなーんも知っちゃあいねえよな」という言葉に続けて「重体の男は、その隣り村のもんだよ、今日あすらしい、気の毒にな」と語るのは、それだけで一つの「忿怒や批判」の表明になっているとも言える。

しかし、それ以上に重要な問題は、そもそもこの小説が「国」や「民衆」といった言葉では捉えられないものに焦点を合わせているということにある。林京子は小説としては前作にあたる「トリニティからトリニティへ」（二〇〇〇・九）と「収穫」（二〇〇二・一）の合間に行われた対談

（二〇〇一・三）の中で次のように語っている。

私、「八月九日」に関しては、終わったような気がしています。いまのところはそうですけれども。私は欲が深いですから、テーマを見つければ、いままでとは違った方法で、また書くんじゃないかしら。頭を離れないのは、東海村を訪れたときの、あの犬とそのお年寄りの日向ぼっこをしている情景です。ですから中島敦みたいな、幻想的世界のもので、短いものが書けたら、と。事故とか核とかいうものを出さないで、その底にあるものを出せたらいいなあ、と思っていますが。難しいですね[19]（一九）。

これを読めば、「収穫」が「いままでとは違った方法」つまり「幻想的」な方法を用いて「事故とか核とかいうものを出さないで、その底にあるものを出」すという構想のもとに書かれた小説であることが分かる。その「幻想的」な方法が、臨界事故をおとぎ話と夢のイメージにつなげるという形で具現化されていると概ね考えてよいだろう。問題は、それによって描き出される「事故とか核」の「底にあるもの」とは何なのかということである。これは断定しがたい問題であるが、一つ言えるのは「底にあるもの」とは言葉通り「底」のイメージに深く関わるものであるということである。

それは「トリニティからトリニティへ」と「収穫」の関係に注目することによって浮かび上がる。「トリニティからトリニティへ」は「ひと巡りすれば、その間にはさまっている八月九日を、私の人生の円環に組み込める」という思いを胸に、被爆者の「私」が広島長崎に先立つ被爆地トリニティ・サイトを訪れたときのことを描いている。その地に立った「私」はそこに広がる光景に打たれる。

五十余年前の七月、原子爆弾の閃光はこの一点から、曠野の四方へ走ったのである。実験の日は朝から、ニューメキシコには珍しい大雨が降っていたという。実験は豪雨のなかをついて、行われた。閃光は降りしきる雨を煮えたぎらせ、白く泡立ちながら荒野を走り、無防備に立つ山肌を焼き、空に舞い上がったのである。その後の静寂。攻撃の姿勢をとる間もなく沈黙を強いられた、荒野のものたち。

大地の底から、赤い山肌をさらした遠い山脈から、褐色の荒野から、ひたひたと無音の波が寄せてきて、私は身を縮めた。どんなにか熱かっただろう――。

「トリニティ・サイト」に立つこの時まで、私は、地上で最初に核の被害を受けたのは、私たち人間だと思っていた。そうではなかった。被爆者の先輩が、ここにいた。泣くことも叫ぶこともできないで、ここにいた。

私の目に涙があふれた（一〇六）。

「私」がこの光景に打たれたのは「遠くの地平線に連なる赤い山肌」まで見渡せるというトリニティ・サイトの広大さが、「五十余年」もの間「泣くことも叫ぶこともできないで」いる大地の沈黙の大きさを実感させたからだろう。「私」は自分を含むN高等女学校の生徒たちをはじめ多くの被爆者の八月六日九日とその後の日々について語ってきた。そのこだわりようは友人のルイから「あなた原爆マニア?」とたずねられるほどである。ときに共感を得つつ、ときに突き放されつつ、それでも被爆者として自他の苦しみを語ることによって「私」がいくらか救われてきたことは否めまい。しかし、「私」よりもはるかに長い間「泣くことも叫ぶこともできない」まま沈黙を強いられてきた「被爆者の先輩」が確かに「ここにいた」のである。その沈黙の大きさは「地上で最初に核の被害を受けたのは、私たち人間」ではなかったという自省をもたらし、「私」が語りそこなってきたものの大きさを知らしめる。「私の目に涙があふれた」のは、自分の語ってきたものが人間の痛みでしかなかったことに気づいた「私」が、その「底」で見捨てられ、被爆させられ、沈黙させられてきた大地の痛みを感じることができたからだろう。

「トリニティからトリニティへ」の結末部は初出から初版の間に書き換えられているが、この改稿には「トリニティからトリニティへ」と「収穫」の連続性がよく表れている。小説はトリニティ・サイトを訪れた夜に「私」がルイへ書いた手紙で結ばれている。初出には「東海村臨界事故で被曝された大内久氏は、一九九九年十二月二十一日「多臓器不全」で死亡。回復に向かっていた篠原理人氏も、二〇〇〇年四月二十七日に亡くなりました」という一文があったが、これでは加藤典洋が指摘する通り[20]「私」がトリニティ・サイトを訪れた「十月二日」との時間的な整合性が取れなくなるため初版以降では削除されている。また、改稿されていない所でも「私は東海村の事故を知った」という語りは初版以降にも残されている。つまり、東海村臨界事故の小説化は「トリニティからトリニティへ」においてすでに始まっていたのである。削除された一文は、日付と実名を明記したまさに「ドキュメント」だったが、やがて形を変えて「重体の男は、その隣り村のもんだよ、今日あすらしい、気の毒にな」という「収穫」の言葉に結びつくことになる。そして、トリニティ・サイトで出会った被爆させられた大地のイメージは「ウマソウナ芋ガ転ガッテマシタガ、ナカ、ブカブカデシタ」という被曝させられた芋畑の表象に結びついたのである。このように両作品の連続性に注目すれば、林が語った「事故とか核」の「底にあるもの」とは、まさにそれら人為の「底」、つまり被爆／被曝させられ、沈黙させられた大地のイメージにつながるものであることが分かる。

一方、両作品の差異に注目すれば、世界初の核実験場にされたトリニティ・サイトが見捨てられた大地であったのに対して、芋畑はそうではないことが浮かび上がる。「男」は芋が「さばけなくなった」にもかかわらず、それらを残らず掘り出したのだから。例年通りに収穫できなかったのに「収穫」とは、いかにも皮肉めいた題名に見えるかもしれないが、しかし、「男」の収穫に似た行為は被曝した芋を弔い、畑を再生させようとする営みにほかならない。「収穫」には「トリニティからトリニティへ」には見られなかった一つの救いが込められているのである。

大地の沈黙に向き合う林の感覚は「明日のための寓話」の中で「自然は、沈黙した」と語ったレイチェル・カーソン(21)のそれを髣髴《ほうふつ》させる。ただ人間とそれに汚される大地を対置し、その関係を変える必要性を観念的に呼びかけても、誰も耳を貸さないだろう。私たちはもうそのような呼びかけを聞き飽きているし、素直にそれに応じるにはすでに手を汚しすぎているようでもある。しかし、だからこそ虚構や寓話によって感覚に訴える必要があるのだろう。「収穫」が畑で芋を作る「男」に焦点を当てたのは、被曝させられた大地の痛みを、それを慈しむ人間の痛みとして鮮やかに描き出すためだったのである。

## 注

(1) 初版は『希望』(講談社、二〇〇五)。のち『林京子全集　第6巻』(日本図書センター、二〇〇五)、『希望』(講談社文芸文庫、二〇一二)に収録。大きな本文の異同はない。本文の引用は全集による。
(2) 林京子「あとがき」(『林京子全集　第6巻』前掲)。
(3) 日本原子力学会JCO事故調査委員会『JCO臨界事故　その全貌の解明　事実・要因・対応』(東海大学出版会、二〇〇五)第五章第二節第二項第三目には「村及び県による防護措置要請に対する事故後の評価は、「屋内退避及び避難等に関する指標を適用すれば、350m圏内の避難は適切であり、10km圏内の屋内退避は全く不要」とする意見もあれば、「住民避難は、後になればその決断は的確であったと賞賛されるが、大変な勇気を要した。屋内退避も判断材料不足の中での苦渋の決断で、事後過大な設定と批判されたが、あの時点ではやむを得なかったと言える」など、様々な意見がある」とある。
(4) 日本原子力学会JCO事故調査委員会『JCO臨界事故』(前掲)第一章第二節第二項には「事故後に行われた全身カウンタによる中性子被ばく量の評価や、行動調査による評価によれば、周辺住民等の個人被ばく線量は最大21mSvとされている」とある。
(5) 林京子「あとがき」(『林京子全集　第6巻』前掲)。
(6) 林京子・島村輝『被爆を生きて――作品と生涯を語る』(岩波書店、二〇一一)第四章。
(7) 林京子・島村輝『被爆を生きて』(前掲)第四章には「東海村に編集者の石坂さんと行ったんです」と『群像』の編集者が同行していたことが語られている。このことから林の東海村訪問は作家としての取材であったと位置づけることができる。
(8) 初出は『群像』二〇〇〇・九。初版は『長い時間をかけた人間の経験』(講談社、二〇〇〇)。のち日本文芸家協会編『文学2001』(講談社、二〇〇一)、『林京子全集　第6巻』(前掲)、『長い時間をかけた人間の経験』（講談社文芸文庫、二〇〇五）に収録。引用は全集による。
（9）黒古一夫『林京子論「ナガサキ」・上海・アメリカ』（日本図書センター、二〇〇七）第一章。
（10）NHK取材班『東海村臨界事故　被曝治療83日間の記録』（岩波書店、二〇〇二）の「被曝一九九九年九月三〇日」には「午前一〇時三五分、放射線が出たことを知らせるエリアモニターのサイレンが事業所内に鳴り響いた」とある。
（11）粟野仁雄『あの日、東海村でなにが起こったか　ルポ・JCO臨界事故』（七つ森書館、二〇〇一）第一章には「鉄柱につけられたスピーカーからの村内放送は当初「念のため外出を控えてください」としていたが、次第に変わっていった。この地域では各戸にも村の連絡放送が流れる受信機が配られているのだ」とある。
（12）山本昭宏『核エネルギー言説の戦後史　1945―1960「被爆の記憶」と「原子力の夢」』（人文書院、二〇一二）第五章には「知のブラックボックス化という概念が意味するのは以下のようなことである。日常的に使用する何らかの装置に関する専門知について、国民大衆が関心を示さなくなるか、あるいは仮に関心を持った場合でも、その知識にアクセスし理解することが困難なケースにおいては、ある装置のメカニズムを知ることなく、その装置を不自由なく使用できてしまうという事態が起こる。そのような場で、専門知の様態が不可視化していく状態を（中略）知のブラックボックス化と呼ぶ。／　もちろん原子力工学は言うまでもなく、核エネルギー解放の原理を理解していた人間も、専門家を除けば稀であっただろう。その意味では、核エネルギーに関する知は、国民大衆にとって最初からブラックボックスであり、一九五〇年代の半ばまでは「原子力の夢」への興味関心によって、ブラックボックスそのものへの期待感が醸成されていたとみるべきであろう」とある。
（13）詳細は七沢潔『東海村臨界事故への道　払われなかった安全コスト』（岩波書店、二〇〇五）参照。
（14）國分郁男・吉川秀夫『ドキュメント・東海村　火災爆発と臨界事故に遭遇した原子力村の試練』（ミオシン出版、一九九九）第三部第六章には「日本ではじめて原子力を受け入れた東海村であり、将来の原子力都市として整備発展して行こうということで、昭和四十年代の初めに、特別立法を国にお願いしていた。当時まだ原子力は、日本全体の中で東海村だけだったから、国は特別立法はできないということになった。しかし、時の政府の閣議了解で、原子力施設地帯整備計画が決まり、既存の都市計画法に基づく事業として、建設省、農林省とか各省の予算を投入して、公園、街路の整備事業を行うことになった。／計画づくりは、当初、国、県の主導のもとに進められ、昭和四十一年度から事業に着手した」とある。

(15) 文部省『尋常小学唱歌　第二学年用』(一九一一)。

(16) 巌谷小波『浦島太郎』(博文館、一八九六)。発行年は東洋文庫版の校訂者上田信道による推定。

(17)「浦島太郎」(市古貞次校注『御伽草子　下』岩波書店、一九八六)には「そも〳〵此《この》浦島が年を、亀《かめ》がはからひとして、箱の中に畳《たた》み入れにけり。さてこそ七百年の齢《よはひ》を保ちける」とある。

(18) 渡邊澄子・スリアーノ・マヌエラ『日本の作家100人　林京子　人と文学』(勉誠出版、二〇〇九)第一部第一二章。

(19) 林京子・川村湊「対談　20世紀から21世紀へ――原爆・ポストコロニアル文学を視点として」(『社会文学』二〇〇一・六)。対談の期日は「二〇〇一年三月二一日」と文末に記されている。

(20) 高井有一・加藤典洋・藤沢周「創作合評」(『群像』二〇〇〇・一〇)。

(21)『沈黙の春』(*Silent Spring*, 1962) 第一章。引用は青木簗一訳(新潮社、二〇〇一)による。

## 引用・参考文献

粟野仁雄『あの日、東海村でなにが起こったか　ルポ・JCO臨界事故』七つ森書館、二〇〇一。

市古貞次校注『御伽草子　下』岩波書店、一九八六。

巌谷小波「浦島太郎」『日本昔噺』平凡社、二〇〇一。

ＮＨＫ取材班『東海村臨界事故　被曝治療83日間の記録』岩波書店、二〇〇二。

レイチェル・カーソン『沈黙の春』(*Silent Spring*, 1962)　青木簗一訳、新潮社、二〇〇一。

黒古一夫『林京子論　「ナガサキ」・上海・アメリカ』日本図書センター、二〇〇七。

國分郁男・吉川秀夫『ドキュメント・東海村　火災爆発と臨界事故に遭遇した原子力村の試練』ミオシン出版、一九九九。

高井有一・加藤典洋・藤沢周「創作合評」『群像』二〇〇〇・一〇。

七沢潔『東海村臨界事故への道　払われなかった安全コスト』岩波書店、二〇〇五。

日本原子力学会ＪＣＯ事故調査委員会『ＪＣＯ臨界事故　その全貌の解明　事実・要因・対応』東海大学出版会、二〇〇五。

日本文芸家協会編『文学２００１』講談社、二〇〇一。

林京子『希望』講談社、二〇〇五。講談社文芸文庫、二〇一二。

林京子「収穫」『群像』二〇〇二・一。

林京子「トリニティからトリニティへ」『群像』二〇〇〇・九。

林京子『長い時間をかけた人間の経験』講談社、二〇〇〇。講談社文芸文庫、二〇〇五。

林京子『林京子全集　第６巻』日本図書センター、二〇〇五。

林京子・川村湊「対談　20世紀から21世紀へ――原爆・ポストコロニアル文学を視点として」『社会文学』二〇〇一・六。

林京子・島村輝『被爆を生きて――作品と生涯を語る』岩波書店、二〇一一。

原民喜「夏の花」『日本の原爆文学　1』ほるぷ出版、一九八三。

文部省『尋常小学唱歌　第二学年用』一九一一。

山本昭宏『核エネルギー言説の戦後史　１９４５―１９６０　「被爆の記憶」と「原子力の夢」』人文書院、二〇一二。

渡邊澄子・スリアーノ・マヌエラ『日本の作家１００人　林京子　人と文学』勉誠出版、二〇〇九。

# 核の場所の文学
## ――ハンフォード、ネヴァダ・テストサイト、トリニティへの旅――

伊藤詔子

## はじめに

一九九八年出版のブルース・ヘヴリィ、ジョン・フィンドレイ(Bruce Hevly & John Findlay)編『原子の西部――一九四二年から九二年までの地域と国』(*The Atomic West :Region and Nation, 1942-1992*)は、マンハッタン計画五〇周年記念のワシントン大学におけるシンポジアムを一〇章にまとめた論集で、西部の核化の歴史と現状を歴史、政治、地理、文化各方面から学際的に論じた画期的なものであった。第一章「州のプレゼンスの確立」では、伝統的に空白(empty)」とされてきた地域の振興ということで、国から提示されたハンフォードでの核プラント建造が州指導者から歓迎され、以後プラント閉鎖までの長い核の歴史が概観され、続く章で第二次世界大戦中と冷戦期のプルトニウム製造と研究・開発の実際について、また後半五つの章では、住民と地域と州の態度の変化と核汚染との過酷な対応や国との闘いについて詳細を知ることができる。序文に示された西部の核関連施設とそれによる汚染のマッピングによると、アメリカの核地域は、ハンフォード周辺のトライシティ、トリニティ・サイトのニューメキシコ州アラモゴルド、ネヴァダ・テストサイトはもちろんのこと、ウラニウム鉱山の多い南西部諸州、ネヴァダ州、ユタ州の実験場風下地域、西部を中心に数多く散在する低レベル核廃棄物貯蔵所、コロラド州やニューメキシコ州に散在するウラニウム製造地などと共に、ユタ、テキサスの核施設周辺の広範囲に及んでいる。またチバガイギーなど、大規模多国籍化学企業の核燃料工場や核ミサイル発射試験場のあったニュージャージー州など、東部地域にも広がっている。コロラド川流域や南西部の土壌や水質の核汚染、また地上核実験による死の灰（放射性含有物質降下物、黒い雨、フォールアウト）による放射線被曝や羊の大量の死、白血病、土壌と河川、地下水汚染から来る癌の高罹病率の現実は、冷戦後立ち上がった環境保護運動からも、地域の西ショショーニ族やモルモン文化圏の作家、かつての西部文学が培ってきた環境文学作家、また各種環境保護団体の反核と環境アクティヴィズムの活発な動きを生み出したとする。

また広島大学大学院で西部文学について集中講義に来訪されたこともあるワシントン大学フィンドレイ教授は、上記の続編ともいうべき『原子のフロンティア時代――ハンフォードとアメリカ西部』(*Atomic Frontier Days: Hanford and the American West*) をヘヴリィと共に、二〇一一年に、またその他関連の本を出版され、それによると四〇年間に及んだ核プラントからのコロンビア川への核汚染廃液投棄は、「環境保護局の試算によると四四〇〇億ガロンに達し、アメリカ中で最もひどい汚染地域であった」（二〇一一）。また「一九八九年エネルギー省が三〇年計画の除染作業に費した予算は五七〇億ドルに達し、（中略）地域のエコロジー損傷は、コロンビア川の五〇マイルの流域にわたっている」（二〇二）とする。本書では国への賠償を求める訴訟と裁判、除染作業の大掛かりな実施など、ハンフォードの経済的、環境的闘いの歴史が詳細に伝えられている。さらにケート・ブラウン（Kate Brown）の『プルトピア――核の家族、原子の諸都市、ソヴィエトとアメリカのプルトニウム大災害』（*Plutopia: Nuclear Families, Atomic Cities, and the Great Soviet and American Plutonium Disasters*）は、原子の町ハンフォードが四〇年もの間、軍の機密の中で情報も閉ざされた中で社会からセグリゲートされ、黙々と核兵器燃料製造と核プラント運転に当たってきた事実を米ソにわたって論じ、プルトニウムの国、プルトピアとして存在した結果、いかに酷い放射性物質汚染を招いたかを詳細に論じている。

西部では、ジョン・ミューア（John Muir）やメアリー・オースティン（Mary Austin）、ゲーリー・スナイダー（Gary Snyder）、エドワード・アビー（Edward Abbey）などによって、西部特有の豊かな自然と景観をテーマにネイチャーライティングの文学が形成されてきた。伝統的な西部の風景の集積の上に、若い作家たちは故郷の大地の異変を感受し、政治的に目覚め、環境アクティヴィズムの文学を書くようになり、一般のアメリカ人からは隠されてきた土地の核化形成の重要な拠点となった、ハンフォード、トリニティ・サイト、ネヴァダ・テストサイト、ユッカマウンテンなどアメリカの核政策に深く関わる場所をテーマに、それぞれに固有の作品を生み出してきた。しかし核の場所の文学の全体的な把握はまだ緒に就いたばかりといえよう。本論は体系化の第一歩として場所ごとの代表的な作品をあげ、この分野の日米の応答と証言について重要な作品を考察したい。実はこの分野は、「序にかえて」で論じた原爆文学と〈核文学〉の交差する所にもあり、それら両方と緊密に関わる環境文学批評のテーマでもある。したがって環境文学の祖といえるレイチェル・カーソン（Rachel Carson）が、農薬のみならず核汚染をいかに深く懸念したかをまず検討したい。

## 一　カーソンとヒロシマ

『ニューヨーカー』（*The New Yorker*）は、周知のようにカーソンの『沈黙の春』（*Silent Spring*）が本になる前、一九六二年シリーズで連載した雑誌であるが、かねてより化学と科学部門で革新的な記事を掲載してきたことで知られてきた。一九四六年八月三一日号すべてのページを使って、ジョン・ハーシー（John Hersey）の「ヒロシマ」（*Hiroshima*）を一挙掲載した雑誌でもある。一年後の被爆地の惨状を六人の生残者の証言を通して、非人称の抑制した語りの力で伝えたこの名作は、クノップ社からすぐ本になりピューリツァー賞を得たので、カーソンの大部な伝記二冊には記述はないが、カーソンも読み彼女にとってヒロシマは重要な意味を担っていたと推測できる。トルーマン大統領をして「歴史始まって以来、最大の出来事だ」（ウォーカー　三一〇）と言わせた原爆投下も、科学が「究極の兵器をもたらすことにより戦争を終わらせたと歓迎された」（キリングワース＆パーマー　二三三）とされる国内の政治的原爆言説流布の中で、その核兵器そのものが、世界を大破壊の崖淵に追いやることの恐れがカーソンにはあった。伊藤拙論（二〇〇七）でも論じたように、カーソンが農薬に対して、冷戦期の特質でもあった核戦争への危機の思考によって育んだ「汚染の言説」を、放射性物質に対しても形成し、後の作家に強い影響を与えたと考えられる。

というのも実際『沈黙の春』で展開する農薬散布のもたらす無差別な自然の殺傷作用は、物理的にも修辞的にも、広島と長崎で炸裂した原爆の破壊、および爆発直後の「黒い雨」つまり高レベル放射性降下物が、何十万もの人を即時そして順次殺傷していった事実を、同時並行的に喚喩的に想起させる描写で満ち満ちている。リンダ・リア（Linda Lear）も、「カーソンがＤＤＴと放射性物質ストロンティウム90を最も恐れた」（リヤ　三七四）としているが、そのことは、実質作品冒頭にあたる第二章で、放射線の毒性の長期間にわたる身体への滞留について述べていることからも推測できる。現在では一般的に知られているストロンティウム90について、カーソンは「核爆発により空中に放出され、雨または飛沫となり、放射性降下物となって降ってきて、土中に滞留し、草や穀物に付着し、そこから人体の骨に宿り、そこに死の時まで留まる」（六）とする。『沈黙の春』は三箇所でこの放射性物質に言及し、農薬を「殺虫剤という原爆」と述べ、「空中散布」を大地への「空爆」と比喩して、ローレンス・ビュエル（Lawrence Buell）のいうカーソンの逃げ場のない全地球的な「汚染の言説」は、農薬と核物質によって輻輳的に構築されているといえよう。

こうした側面から、最近のカーソンの伝記ウィリアム・サウダー（William Souder）の『遥かな岸辺で――レイチェル・カーソンの人生と伝統』(*On a Farther Shore: The Life and Legacy of Rachel Carson*) の第九章「燃える地球」が、一九五四年のマーシャル諸島ビキニ環礁における過去最大、一五メガトン水爆実験ブラボーにおいて被曝し半年後に亡くなった久保山愛吉について、カーソンとの関わりを詳しく述べていることは着目される（二二三―七六）。サウダーによると、『沈黙の春』の編者ポール・ブルックス（Paul Brooks）と共に、カーソンが『沈黙の春』の草稿に向かっていた一九五八年五月頃、農薬と放射性降下物による全地球的汚染リスクの相似性について懸念を表明し、「現代の双子の恐怖」について書いたとする。両方とも変異原性、急性毒性、目に見えない何世代にもわたる持続的影響があると考えたとする（サウダー　二九六―九八）。

実際『沈黙の春』一四章「四人に一人」で、発がん物質と悪性腫瘍に言及し「広島の原爆で生き残った人たちは、放射線を浴びてからわずか三年後に白血病が発生している」（二二六）とし、素早く第五福竜丸（Lucky Dragon）の被曝についても、「またスエーデンの農夫の例は、マグロ漁船第五福竜丸の乗組員久保山さんの数奇な運命を思い起こさせる。久保山さんが海から得たように、その農夫も久保山さん同様健康で日々の糧をその手で大地から得ていた。空から降ってきた毒がこの二人に死の宣告をもたらしたのだった」（二二九―三〇〇）と描いている。固有名詞は使われていないスエーデンの農夫に対し、一文での久保山の三回の連呼は、農夫と漁船通信士久保山の無垢なる善良さの強調と共に、一九五四年三月一日クロスロード策戦による甚大な核被害による犠牲者への想いを吐露しているとみることができる。なおジョナサン・ウエイスゴール（Jonathan Weisgall）『クロスロード策戦』（*Operation Crossroads*）によると、この時の四五七トンのまぐろの汚染はすざまじく、「東京中央卸売市場は、漁船が帰港すると一九三五年のコレラによる魚市場の閉鎖以来初めて市場の閉鎖を余儀なくされた」（三〇五）としている。

海洋三部作のうち一九五一年出版で全米図書賞他多くの賞に輝いたベストセラー『われらをめぐる海』（*The Sea Around Us*）は、一九六一年第二版に重要な序が加えられた。それは主として海の放射性物質汚染による、海洋の危機を説く科学的論説である。

原子力の謎を解き明かすことによって、我々現代人は恐るべき問題に直面していることを知った――核分裂による副産物という、地球の歴史上かつて存在したことのない危険極まりない物質を、いったいどう扱ったらよいのか。（中略）一般大衆には知らされることもないままに、海は「原子力時代」の汚染廃棄物や他の「低レベル廃棄物」のための「天然の」埋立地とされてきた。（中略）核実験による核含有降下物も重大な問題である。時と共に放射性汚染物質を全世界にまき散らすことになる。（中略）食物連鎖による生物濃縮によって、核実験場となったビキニ環礁周囲一〇〇万平方マイルの水域のマグロの体内の放射性物質の濃度は、海水のそれよりはるかに高かった。（『われらをめぐる海』第二版　xii―xiii）

さらにサウダー及びパトリシア・ハインズ (Patricia Hynes) によると『沈黙の春』出版後カリフォルニアのクレアモントにあるスクリップス大学卒業式記念講演で「ヒロシマへの原爆のまえには、自然には侵しがたい力強い領域があると信じていましたが、間違っていました」（ハインズ一八一）とし、以下のように述べる。

かつての恵み深い雨が、今では空中からの恐ろしい核爆発副産物を降らせる。自然資源として最も貴重な水が誤用されている。川は信じがたい複合廃棄物――家事の、化学的、放射性の複合物で汚染され、地球はその四分の三を海で覆われているが、急速に乾ききった世界になりつつある。（サウダー三三七、ハインズ　一八二）

このように晩年になってカーソンの原子力時代の汚染への警告は一層熱を帯びてきて、放射性物質への言及が表面化してくる。ハンフォードの情報が全く伏せられていた一九六三年にも、病の中カイザー財団病院グループでの最後の講演で、「ハンフォード研究所」による「セシウム１３７」の体内蓄積調査と、「放射性ヨウ素」の連鎖経路について、「重要なのはこの物質が食物連鎖に入ることです。汚染された草を牛が食べ、その牛の乳を人間が飲みます。いったん体内に入った放射性ヨウ素は甲状腺に集まり、子供の場合影響が強い」（『失われた森』二六八）と放射線量について詳細な報告をしている。また核実験場のネヴァダ、ユタ、アイダホ州周辺地域での被曝量評価について、科学者がなしえなかった原子力委員会への証言と監視プログラムの提言についても綿密に報告している。これらカーソンの努力と警鐘は、冷戦中、また冷戦後声を挙げ始めた北西部と南西部環境作家たちによって、以下のようにさまざまに継承されていくことになる。

## 二　ハンフォードを語り継ぐ核（汚染）文学

一九九六年に出版されたデボラ・グレガー（Debora Greger）の詩集『砂漠の父、ウラニウムの娘たち』(*Desert Fathers, Uranium Daughters*)と、二〇〇〇年に出版されたテリ・ハイン（Teri Hein）『ハンフォードの農家の娘達──チーフ・クワルチャンの裏切り、アプローザと私』(*Atomic Farmgirl: The Betrayal of Chief Qualchan, the Appaloosa, and Me*)は、ともに一九二〇年に遡るハンフォードにおける体験を語り継ぐ代表的な核（汚染）文学で、上記のハンフォード歴史研究の諸作の内容を証左する形で、半世紀の沈黙を破って文学化した非常に貴重な作品である。後者はボストンの大手出版社ミフリンから再版が出た時には、なぜか副題は削除され、現在ここで引用する初版本は入手困難になっている。ともに五〇年も前の記憶を文体化した追憶を成長後語るという文学形式が顕著な特質となっているが、ハンフォードのプルトニウム原子炉プラントで働くことになった人々や家族、またその周辺で農場を営む人々が、隣人や家族の時ならぬ死に見舞われた物語を、グレガーのほうは詩で、ハインのほうはメモワールとドキュメンタリーを混交した形で語る。(1)

さらに二〇一二年には、ワシントン州図書賞を受賞したキャサリーン・フレニケン（Kathleen Flenniken）の詩集『プルーム』（*PLUME*）が出て、冷戦のさなかリッチランドで生まれ育ち都市工学の専門家でもある著者のドキュメンタリーな四〇篇からなる詩集が今注目されている。そのうち「疑惑のミュージアム（Museum of Doubt）」（五五）は「ナガサキの写真」という副題が付き、全編にエネルギー省や環境省提供の多くの汚染の事実と危険への認識が織り込まれており、ハンフォードの文学も新しい時代を迎えたと言えよう。そしてグレガーやフレニケンの風景を特徴づけている無人の砂漠風景は、一種ポスト・ネイチャーの核の風景であり、後で論じる林京子のトリニティや、コーマック・マッカーシー（Cormac McCarthy）『ザ・ロード』（*The Road*）等ポストモダン小説の最近の〈核文学〉の終末後の風景にも通じている。

『ハンフォードの農家の娘達』は、著者が序で述べているように、カーソンの衣鉢を継ぐ南西部の代表的環境文学作家、テリー・T・ウィリアムス（Terry T. Williams）の創作ゼミに参加し励まされて書かれた家族の歴史であり、ウィリアムスがネヴァダ・テストサイトをめぐる家族の歴史を

『鳥と砂漠と湖と』(*Refuge: An Unnatural History of Family and Place*) にまとめたように、二世代前のホームステッドで開拓したコロンビア川に洗われる肥沃な黄金の小麦畑と名馬の産地として名高いパルーズ・ヒルズ（部族の言葉で land of whispering gods の意味）での一家の歴史を物語ったものである。この土地は、一八六〇年以降ホームステッダー達が開拓したが、もともとは一八五八年、ワシントン州東部からアイダホ州西部を戦場とするスポケーン、クール・ダレーヌ、パルース各部族とアメリカとのインディアン戦争によって、米政府のライト大佐 (Colonel Wright) 率いる米騎兵隊が住民の土地を奪取したものであった。というのも一家が農場を営む地は、カユース部族の最後のチーフ、クワルチャン (Qualchan) が絞殺された地に近く、主人公の父の自慢の馬は、その勇壮さからクワルチャンと名づけられていた。彼らがピクニックに出かけた土地は、「まさにチーフ、クワルチャンとその手下たちが、一世紀前絞殺されたところであった」（一〇―一一）。

この史実に内在する一九世紀の先住民の白人による土地剥奪 (dislocation) による場所喪失 (displacement) については、長岡真吾のシャーマン・アレクシーについての論文に詳しい。和平交渉のために白人キャンプへ呼ばれたクワルチャンは、裏切られ縛り首になった。この裏切りはまた、二〇世紀開拓民らのパルーズの住民にも繰り返されたのである。つまり一九四三年以降ハンフォード核燃料施設区域 (Hanford Nuclear Reservation) 建設のため、強制的にホームステッダーの子孫たちは土地を提供させられ、近隣の土地に移動を余儀なくさせられた。それでも移動した先で著者は幼年期、青年期を過ごし、農場経営に熱心に従事してきた共同体の姿を描くが、五〇年代から六〇年代にかけて白血病や癌で、いかに次々と隣人が亡くなっていったかを語る。よい土地に恵まれ働き者でルター教会派の農夫たちの生活は、ネイティヴの土地信仰とも溶け合った楽しい田園小説のように回想され展開する一方、第八章でハンフォード、ホワイトブラッフ、リッチランド三つの町の一二〇〇軒の地主が次のように国から突然通告（"Declaration of Taking"）を受けたところでその忌まわしい歴史は始まった。『原子の西部』によるとこれはマンハッタン計画の重要な一局面であり、マンハッタン計画の核心部分であったプルトニウム製造のための核プラント、一万五千人を擁した広大な核キャンプ設立の土地確保であり、その土地は、核廃液の場に企てられたコロンビア川に両側から面し、中に挟む地形であった。「一九四三年三月四日、書留便が一二〇〇個の地主に配達され、彼らの私有財産は二月二三日を持って没収され六〇日のうちに移動することが通告された。わかったのはそれがすべて戦争のためだということだけだった」（六八）とのみ書いている。

その後の経緯は「死にゆく街の暦（"A Calendar for Dying Towns"）」で辿られるが、住民は四〇年代の愛国心と、五〇年代の冷戦文化の中で、核プラントの件はまったく知らされることもなく協力を強いられて行く。六〇年代に入り、隣人一〇軒のうち、七軒の子供たちは次々と白血病で死ぬのを皮切りに、父の癌、姉妹たちの甲状腺癌など七軒もの農場の家庭の病が淡々とではあるが詳細に描かれる。九〇年になって語り手の両親は国を訴え、現在も係争中である。なお現在の「ハンフォード健康情報ネットワーク」という住民団体が、汚染の広がりと分量、放射性物質の流出の事実や、コロンビア川の汚染から来る飲料水の扱い制限、除染に関わる情報も集積し、作者は環境アクティヴィストとして活動する。エピローグで、原告は五〇〇〇人に膨れ上がった訴訟の情況や、各種の癌研究団体の研究の現状が報告されているが、数十年に及ぶ汚染物質の川へのリークの責任は決して果たされていないと結んでいる。この作品は一少女の成長物語の枠組みで、ハンフォードの歴史に内在するアメリカとネイティヴの戦争、第二次世界大戦、冷戦下の国と個の関係、戦後の環境を守る住民の闘いなど、長いスパンにわたるハンフォードの物語となっている。

一方デボラ・グレガーの詩集『砂漠の父、ウラニウムの娘たち』は、欧米で高く評価されており、散文詩「記憶の風景 ("The Landscape of Memory")」から始まり、三部構成三〇の詩群からなり、序章は追憶の砂漠の風景が語られる。父親が四〇マイル離れた核プラントへバスで通い、たった一ブロックの「原子通り (Atomic Lane)」と名づけられたダウンタウンと「爆撃機 (Bomber)」という名のハイスクールがある砂漠の地で、風の中で育ったことが語られる。こうした命名は一九五〇年代のアメリカでは、原爆や放射能の危険性や実態がほとんど認識されず、あるいは隠蔽されていたことの表われである。幼い頃は気づいていなかった風景の意味は、詩集の中に頻出するキーワード「砂漠、砂塵、父、雲、放射線の (desert, dust, father, cloud, radioactive)」に暗示され、序章の最後の一文には突然意識的に「その砂塵さえ、その時には知るすべもなかったが放射能をおびていたのだ」("Even the dust, though we didn't know it then, was radioactive.")（一〇）という叫びとなる。

以後「アダムの娘 (Adam's Daughter)」「砂漠の父たち (The Desert's Fathers)」と題された詩篇に続いて、七歳のとき「永遠の安息日 (Eternal Sunday)」の食事の儀式と共に、「理性の時代 (The Age of Reason)」がおかれ、詩人にある啓示がもたらされる。カトリックの信仰に貫かれた作者には、父、神父に、神の分身を読み込みこもうとするが、啓示は父からでなく、医者からもたらされる。日曜午後の祈祷の教会シーンは、「ではあなたは子供の時ミルクを飲んでいたのですねと医者は尋ねた。医者は尋ねるのだろう。理性の声で。風下からのミルクを飲んだのですね」（二〇）と会話が記述され、放射能で汚染された大地からのミルクを飲んで育ったという事実こそ、いまや父の声、宗教的啓示の中身であった。

このように汚染の認識は宗教体験に似た、真実の発見として描かれている。風景の記憶はもちろん過去の記憶に基づくが、思い出される記憶は事実の再現ではなく、記憶されたものを語る時点で表象したいものに向けて丹念に組み立て直されたものである。詩篇「原子時代の記憶 (Memories of the Atomic Age)」は、「芋の穴倉 (Root Cellar)」「白紙 (Blank Paper)」「四〇時間の献身 (Forty Hour's Devotion)」「埋葬の土 (Burial Mound)」からなる祈祷詩篇になっていて、原爆投下と地上の生き物とその製造に関わった家族の関係が描かれる。続く「葬送の船——ハンフォード、ワシントン、リッチランド、ナガサキ (Ship Burial Hanford, Washington, Richland, Nagasaki)」は「核時代の追想、ワシントン州リッチランド」と対になって、ナガサキが喚起され、無人となり廃墟化したプルトピアたる地上と、死者を運ぶ冥界の船の表象で、原子炉 (reactor) のある砂漠が捉えられている。「私は一粒の砂であるべきだった／砂漠の砂を悼み悲しむ砂の娘である私は。おぉ風に舞う砂よ！／風の中で私はこうした言葉を見つけた。そこで言葉たちは燃え、燃え尽きて／私の口に灰となって降りかかった」（三〇）と祈祷詩篇で原爆投下とその製造に関わった家族の懺悔が行われる。

ハンフォードはナガサキに投下された原爆の燃料を製造したことで、グレガーはこの二つの場所を貫く土地の連続性を把握し、地球的想像力でその災禍がもたらした汚染を描いている。序章で無邪気なスクール・リングとして予表された「きのこ雲（mushroom cloud）」は、詩集第一部の最後の三行一〇連の詩、「知られざる雲（A Cloud of Unknowing）」で記憶を塗り替えられ、破壊の雲として、人を焼く爆風をもたらすものとして現出する。自らが、理解を超えた破壊そのものの原子の娘であり犠牲者でもあると共に原爆をもたらした者でもあるとの認識が、表明されるのである。宗教的アルージョンは、すべてが原爆の炎、爆風、死体の灰、放射能の灰とも重なる可能性をみせている。「なぜ私は誕生のとき死ななかったのか」（二九）と生そのものの呪詛と苦悩が繰り返される。このように、ハンフォードの悲劇をキリスト教的伝統で捉える手法には、原爆のリアリティを抽象的な骨組みに変換すると共に、原爆を普遍的な精神史の中に回収することで、歴史的に理解可能なものとする救済希求の声が聞こえる。

これに対し、以上の二作にもまして文学作品として成熟した形で、スザンナ・アントネッタ（Susanna Antonetta）の『汚染の身体——環境的追想記』（*Body Toxic: Environmental Memoir*）という二〇〇一年の作品がある。移民家族のニュージャージー州、ホーリーパーク、トム川河口での核燃料製造の多国籍企業による高レベル放射性廃棄物汚染をテーマとする。アントネッタはカーソンを引用し、汚染が人間に与える影響が、いかに歴史的経済的に構築されていくか、複雑に綾なす個人、家族、国の三層の時間が、二一世紀に向けて生きる詩人個人の身体に、いかに長い年月をかけて苦しみを書き込んでいったかを語る。汚染の結果の苦しみの中で汚染への認識は、トラウマのように突然よみがえる生々しい記憶によって、時間を置いてある日啓示のように、身体の内部に、呼び起こされるものであることを見事に描出している。この作品については、拙論「汚染の身体とアメリカ——ジェンダーで読む現代女性環境文学」において詳述したのでここでは割愛し、アントネッタの場合、ハイン、グレガー同様汚染への認識を啓示と結合している点についてだけ述べる。

三人の女性作家に共通しているのは、汚染に蝕まれる身心の病は、文化的社会的構築物であり、その見えにくいネットワークを国の歴史の中で解明するとき、メモワールという文体の有効性が共通して機能していることである。核汚染発現の経年的特性と結合して、いずれも風景の真の意味が年を経て立ち現われてくる。アントネッタは病の根源であるアメリカの核の場所を巡礼し、故郷を捨てやっとアメリカ人になった移民家族にとっての、国と家族と個の三者の不可分性について考察していく。兵士の夜光時計の文字盤にラジウムを塗る仕事をして甲状腺癌を病む女工について、「彼女らはトリニティになったのだ、ラジウム・ガール、その魂・その身体・その霊を彼女らの身体は譲り渡した」（一九六）と述べて、個人と身体と国が分かちがたく一体化している悲劇的感覚を〈トリニティ〉と呼ぶが、これは勿論次節で述べるトリニティ・サイトを想起させる。彼女は癒しをもとめて世界を巡礼するが、ついにネヴァダ・テストサイトのユッカマウンテンに辿りつく。その警告板には「危険！ここには有毒の放射性廃棄物が埋設されている。紀元一万二千年前まで、ここを掘ったり掘削してはならない」（二三一）とあり、その横にムンクの「叫び」に似たスケッチがあるとする。この年限は、高レベル放射能含有廃棄物質が半減期をすぎて無害化するのに必要な計算に基づくもので決して荒唐無稽なものではないが、われわれにとってはスコット・スロヴィック (Scott Slovic) が言うように一種の幻覚的時間でもあり、汚染の膨大さが天文学的数値に達することを物語っている。また科学を超える芸術作品の未来喚起の力で、ムンクの、対象が不特定とされてきた「叫び」は、すでにこの地の恐怖を先取りしていたともいえよう。

## 四　ユッカマウンテン・ツアーをめぐる反トラベルライティング

トラベルライティングが一般的に、旅先での見慣れぬ風景に自由に遊ぶことで可能となる新しい自己発見の文学であるとすれば、ユッカマウンテン・ツアーナラティヴは、反トラベルライティングといえよう。政府により定められた日に定められたコースのみ、核施設である山へ見学にいくツアーを描くこのジャンルは、おそらくアメリカの核問題の中枢に触れ、厳格な規制線と民主主義国アメリカとの大きなパラドックスに戸惑う旅を意味している。それは空軍によって厳しく訓練されたガイドによる、管理されたルートだけを覗き真実に触れることはできない不自由なツアーである。ユッカマウンテンは、一二の連峰からなる山の一つで、かつて西ショショーニ族の居住区にある聖地であった。霊山をくりぬいて、高レベル核廃棄物地層貯蔵核施設が建設されようとしていた。怒りとパラドックスの場所へとこのツアーはツアリストを案内する。この霊山は厳重な警戒が敷かれ鉄条網で囲われた一三五〇平方マイル（およそ鳥取県の広さ）のテストサイトの敷地南部に位置するが、日本でも核廃棄物貯蔵のバックエンドの不可能性の問題で、三・一一以降特にこの場所への関心が高まっている。

二〇〇八年エコクリティシズム研究学会と、ネヴァダ大学リノ校環境文学研究センター長であったスロヴィックは、彼の推薦する米エコクリティック四名も参加して『エコトピアと環境正義の文学――日米より展望する広島からユッカマウンテンへ』を出版したが、そこに収録されたスロヴィックの論文「ユッカマウンテンのように考える――ネヴァダ砂漠での美、有毒性、そして意味」("A Tourist at Yucca Mountain")は、ネヴァダの作家によって形成されたユッカマウンテン・ツアーナラティヴの一つと捉えることができる。(2)「ユッカマウンテンのように考える」は、この山の美しさと「地上で最も危険な場所」へのツアーと、山岳砂漠のエコロジーを微細に描いた論文で、丁度アルド・レオポルドの名作「山のように考える」が、人間の都合ではなく山の身になって考えたとき、初めてオオカミとシカの生態的関係に目覚め、土地倫理の体系へとレオポルドを導いたように、スロヴィック論文は、単に政府とアメリカ人の「ニンビー主義」(Nimby=not in my back yard「私の裏庭にそれを置かないで」)を批判するだけの単純なものではなく、平均的アメリカ人が気づかず生活に便宜と安全と、そして平和と富をもたらすと信じる核の力、アメリカの国家安全政策を形成している核兵器と核エネルギー利用が、いかに深刻な汚染と危険な核廃棄物貯蔵施設を必要とするか、「ユートピア的であると同時にディストピア的」(スロヴィック　一五九)な秘密に迫ろうとする。

そこは、日本人の遊興の地としても名高く世界中の金満家が訪れる地ラスベガスの、広いアメリカの感覚でいうと目と鼻の先にあることをスロヴィックは次のように書く。「ラスベガスの初期の人口はおよそ三〇万人だったが、今はおよそ一六〇万人で急激に増加中であるとガイドは述べた。(中略)真に公正な社会が、人間の行いには必ず結果が伴うという警告として、自身の廃棄物を自分たちの目に見える場所に保存しておくということなのだろうか」（一六〇―六一）。またこの地がもたらす眩惑的な時の感覚について「砂漠の太陽よりも輝こうとしている」（一六二）人間のために、モハヴェ砂漠は「時間を自由に操れる幻覚」に襲われ、「一〇分は一〇年のように感じられ、時間軸をさらに前方に一瞬にして進めてやれば、一万年にも感じられる」（一六四）ここはまさに錯覚の場所でもあるとする。著者の視点は、水がなくても生きていける丈夫な動植物の生息地としての砂漠の不思議な生態系にも置かれているが、同時に厳しい自然から沸き起こるこの錯誤感覚を、荒野から文明を起こしたアメリカ人が等しく分有していることも見据えている。

著名なネヴァダの作家ウィリアム・キートレッジ（William Kittredge）によるツアー・ライティング「私の裏庭で（"In my backyard"）」は、シェリル・グロットフェルティ（Cheryll Glotfelty）によって二〇〇八年編纂出版された八一三ページに及ぶ膨大なネヴァダ文学選集『文学的ネヴァダ――銀の州の著作集』（*Literary Nevada: Writings from the Silver State*）の中に収録されている一編である（四六九―七三）。ネヴァダの紫ヨモギの砂漠で育った記憶と、その懐かしい故郷にツアーに赴くという皮肉な経緯が語られ、この山の歴史と核施設について、一九七五年スリーマイル島でのメルトダウン事故以降住民の関心が高まってきた経緯が記述される中で、アメリカ中で最低の降雨量や火山という地理的特性、一方ネヴァダ州にこの山がもたらす政府からの大きな財政援助や雇用やよい暮らしなどの人々の矛盾葛藤が描かれている。スロヴィックも述べるように、この見学体制そのものが〈平和のための維持装置〉と謳われている高レベル放射線含有廃棄物貯蔵施設であり、「金縛りにあったような」不自由さが、見学コースを支配している。次に抜粋収録されているジェイムス・コンラッド (James Conrad) もまた、重要なものを隠蔽するこの旅を "satirical tour" と呼び、この体制が隠そうとしているものこそ恐怖と危険の源泉で「七万トンの放射性廃棄物の十万年の貯蔵」そのものであるとする（四七九―八三）。

ところでユッカマウンテンの歴史は、周知のように条例により原子力エネルギーの商業的開発が可能となった一九五四年に遡る。全米には現在稼働中の一〇四カ所の原子力発電施設が毎年使用済み核燃料を二千から二千四百トン排出し、合計六万五千トンにもなる。全米に散らばっているその膨大な高濃度放射性廃棄物の、集中的地層処理施設建設候補地として、ユッカマウンテンは一九八七年最終候補地となった。ブッシュ政権は建設を推進したが、バラク・オバマ大統領は選挙戦でユッカマウンテン核施設化凍結を約束し、オバマ政権に移り二〇一一年予算執行が停止され、計画は凍結されている。[3] しかし費やした膨大な予算をめぐる裁判も進行しオバマ政権の行方によってはまたこの凍結は解除の可能性もあることが「アメリカの原子力政策の動向――ユッカマウンテン凍結後のバックエンド政策」などによって指摘されている。一基の原発も持たないネヴァダ州が地上核実験の被曝被害を繰り返し、土地と地下水の汚染に加えて各州の原発廃棄物の処理場候補地ユッカマウンテンの地として、絶えずアメリカの核政策の犠牲になってきたことは、グロットフェルティの「ニンビーを再利用すること――核廃棄物、ジム・デイ、ローカル・レジスタンスのレトリック」("Reclaiming Nimby: Nuclear Waste, Jim Day, and the Rhetoric of Local Resistance") で詳しく論じられている。国の核開発の最前線となってきたネヴァダ州は、アメリカ中のニンビーの利己主義を批判すると共に、ネヴァダで活躍する政治風刺漫画家ジム・デイ (Jim Day) の諸作品と共に、代表作の一つ二〇〇二年の「ダンプスターの州」(“The Dumpster State”)では、「ネヴァダ州の形をした大型ごみ容器の中に『生化学危険物』、『採鉱廃棄物』、『グルーム・レイク──最高機密』『核廃棄物』等と書かれたゴミに混じり(離婚したい妻らしき)女性の片足と別人の足が突き出ている。『裏庭』はネヴァダ州全体で、ネヴァダ州住民も廃棄物であるとすることによって、従来からのステレオタイプへの抵抗を住民に喚起している」(二〇八―〇九)とする。ジム・デイの政治風刺漫画はプロテストを超えて、「ニアバイ」(NIABY, not in anyone's backyard)という倫理的進化案も浮上させているとする(一九八―二一五)が、そこではどのような文学が書かれてきただろうか。

## 五　テストサイトとアクティヴィストの文学

写真で示したように、日本では平和を願って原爆ドームに奉納され、原爆の子の像も胸に抱く千羽鶴が、テストサイト前に群生する紫よもぎの白い可憐な花のように無数に結ばれ、砂漠に奉納されている。砂漠の植物への祈りでもある。進入禁止区域を侵してここに押し入り逮捕されるアクティヴィストたちは後を絶たず、日本への想いをそこに重ねているのである。テストサイトに関わる文学は、『文学的ネヴァダ──銀の州の著作集』の中心部に収録されている。この大部な本は一三章から成り、マーク・トウェイン(Mark Twain)、スナイダー、ジャック・ロンドン(Jack London)のようなメジャーな西部作家から、レベッカ・ソルニット(Rebecca Solnit)やウィリアムスも含む二〇〇人以上による、ネヴァダの多様な側面を語る包括的な選集である。当初は銀鉱山ブームで、最近はディズニーランド化していくラスヴェガスのカジノで突然のにぎわいを経験した州の歴史や、ネイティヴの豊かな口承伝説、土地の神話や伝説、ネヴァダの産業に関わる著作や詩を収集した多様な作品から成る。第一章は「家郷からの声——ネイティヴアメリカンの物語と神話」と題され、「西ショショーニ」から始まっている。それによると彼ら彼女らは自らを「ニュエ」(Newe=people) と呼び、その居住区はネヴァダだけではなく、カリフォルニア、アイダホ、モンタナ、ユタと広範囲に及ぶ。「その物語の登場人物は動物が多く、コヨーテが主役であり」(五)、まず元となる話 ("Origin Tale") から始まり、「オオカミとコヨーテ——死の起源」("Wolf and Coyote: Origin of Death") で

【写真 1】© Scott Slovic 撮影　ネヴァダテストサイト入り口の千羽鶴風景

終わる。この地がかつていかに豊かな大地との調和の地であったかを物語り伝統文化が根づいていることを示し、一九五一年以降の核の州というネヴァダに浸透した印象を覆す狙いも感じられる。

しかし地元の詩人、シュアウン・グリフィン (Shaun Griffin) による「ネヴァダはもはやない (“Nevada No Longer”)」(四七四―七五) は、厳しい自己否定の詩であり、「ネヴァダはもう地図にはない／今はもう、そして永遠に」が三度繰り返される四三行の叫びの詩であり、この本の中心的な声となっている。したがって編者のアカデミック・アクティヴィズムが、現実を打開する願いを実践へと結晶させているとみることも出来る。この詩を含む第九章は、「われらの裏庭――核のネヴァダからのノート」(“In Our Backyard: Notes ftom Nuclear Nevada”) と題され、一六編の作品が収められる本書の中心的な部分である。この章以外にもテストサイトは多くの作家によって全編で扱われているが、以下で主要作品の概要のみ紹介したい。

最初に「南西部で最も重要な作家」(四二九) と編者に呼ばれるフランク・ウォーターズ (Frank Waters) の一九六六年『オトィ橋の女性』(*The Woman At Otowi Crossing*) の抜粋が置かれている。この作品は、オトィ橋（原爆製造のための科学者らの実験施設など軍の機密施設があったロスアラモスへ通ずる唯一の入り口となった吊り橋）のたもとで、ティールームを営んでいたプエブロ族の実在の女性、エディス・ワーナー (Edith Warner) をモデルとする小説で、ティールームに出入りした科学者らの話や、七月一六日ゼロの時点へと歴史が動くまでの緊張を背景に進行する歴史の証言となる貴重な作品であるが、紙幅の関係でこれについては別稿としたい。次に三人の詩人による三篇のテストサイト詩篇が置かれている。ウィリアム・スタフォード (William Stafford) による一九七七年「核テストサイトにて（“At the Bomb Testing Site”）」、デニス・レヴァトフ（Denise Levertov）による一九八三年「暗き環を見つめて（“Watching Dark Circle”）」、ネヴァダで核実験が続く五五年生まれのロバート・ヴァスケーズ（Robert Vasquez）による「ネヴァダ早朝の核実験の閃光（“Early Morning Test Light over Nevada,”）」で、一九九五年の出版である。一九五一年以来続く地上爆発実験の瞬間の、異様な光といきものの悲痛な叫びや、トカゲやクモの異様な動きを微細に描いている。同じく五五年生まれのウィリアムスの「片胸の女たちの一族（“The Clan of One-Breasted Woman”）」も収録されている。周知のようにこの名作は『鳥と砂漠と湖と』の最終章をなし、すでに深く広く研究されてきた。然しこの一篇をネヴァダ文学選集の中で、とりわけテストサイト文学の系列の中で捉えなおすことは、数多いアクティヴィストの一人としてのウィリアムスを、より鮮明に浮かび上がらせる。出版年がかなり遅いのは閃光を見た経験が作品化されるまで年月を要したためで、周知のようにウィリアムスの場合も、爆発の目撃は記憶の原風景として長年しまいこまれ、母の病と共に想起され物語化された。ハンフォードの文学でも述べた記憶や追想は、ウィリアムスの文体ともなっている。

二〇〇〇年に出た『ニュークリア・リーダー』（*Nuclear Reader*）の一編、リチャード・ロウルズ（Richard Rawles）の“Coyote Learns to Glow”（四七六―七九）は、テストサイト入り口の掲示「砂漠亀絶滅危機種の生息地につき、捕獲、所有、輸送、殺傷、授受、移動すべて違法である」から始まり「アメリカ政府の環境への関心は砂漠亀が絶滅危機種になることだが、住民のショショーニについては無関心なのだ。アメリカ人は彼らの荒野が無人であると考えるのが好きなのだ」（四七六）

と語る。ロウルズは『ニュークリア・リーダー』の序文「不可視性」においてイリノイ州オタワで起きたラジウム工場での、不可視のラジウムの危険性と悲劇についても書いている。テストサイトの土地は一八六三年、ルービー・ヴァァリー条約により、西ショショーニ部族がこの土地のアメリカ政府への売却を断った。この土地は軍がパブリック・ユースにするまでは「人の居住しない empty な荒野」であるどころか、何千年も人々が暮らしてきた」（四七七）とする。続いて「コヨーテ原理」という言葉を提唱し、「原子エネルギーは、盗まれた火の神話の新しいサイクルに突入したのだ」（四七九）とする。

さてウィリアムス、ソルニット、テレサ・ジョーダン (Teresa Jordan) ら女性アクティヴィストたちの作品では、テストサイトへの暗闇の中での侵入をテーマとする作品が目立つ。この三篇はいずれも侵入 (trespass) をふせぐ鉄条網 (barbed-wire) の表象が特徴的である。このうちウィリアムスにおける鉄条網と侵入の意義については、松永京子「レズリー・マーモン・シルコウとアメリカ南西部における核のディセント」("Leslie Marmon Silko and Nuclear Dissent in the American Southwest") に詳しい。鉄条網の表象は選集の第五章「もう一つのネヴァダ——田園生活の想い出」の中で、ソフィー・シェパード (Sophie Sheppard) の「空域」("Airspace" 二二五—二二一) でも重要な表象である。

これまでこの町にジェット機が来たことはなかった。夏の夕方近所のハフ、サラと子供たちが、デッキから谷間をみおろして、バーベキューを楽しんでいたときだった。暮れなずむ夕空の中、ヨタカが空から表れてきて野原に向かって下降し、さらに下降しながら今度は上昇し、柳の木の上に表れた。

舞い上がり、舞い降り、また斜めに滑空するのだった。その時だった一瞬二機の軍用ジェット機が突然けたたましい音を立てて私たちの方に向かってきた。この小さな町のうえで細い渦巻きをつくった。野原の馬たちはパニックを起こし、駆け出し、馬たちを取り囲む急な音の壁を飛び越えようとした。彼らは鉄条網の歯に向かって走った。（二二六）

画家でもあるシェパードは、一九五一年空軍管理区域が設定される時のジェット機の襲来を、鮮明な視覚的聴覚的表象で、田園地帯を突如襲い、その後土地を変質させる動きとして記述し、空を充たしていた鳥の自由な飛翔や野原や木々の空間がその時終わったことをここで書いている。以後はテストサイトと人々の土地を厳しく区分けする反自然、自然の敵としての鉄条網が、生き物のように歯を剝き出しにして自然を捕えることになる。

選集序文で編者が「初めての環境正義の作品で、今も続くネイティヴとの資源戦争を可視化した」（四五四）と評価するソルニットの『残忍な夢』(*Savage Dream*)の場合にも、侵入禁止区域へのアクティヴィストたちのデモ行進とそこへのより深い侵入は、以下のように描かれている。「私は四年間続けてテストサイトに出かけ、その場所はだんだん重要性を増してきた」（四五五）とするが、いかにその禁止区域に近づき、そこにより深く侵入する技をその都度身に着けていったかが語られる。「最初の年は友人とそのフェンスを乗り越えた」（中略）二年目はアナキストの友人と行動を共にし、「禁止区域のできるだけ中深く侵入すること」とした。「一九八九年の春は四分の一マイル入り込んだ」とし、ヘリコプターで追ってきた軍服の兵士たちと文字とおり「戦いが」始まった。足場の悪い砂とごろ石から成るテストサイトの中を一種の「非暴力の抵抗」(**Civil Disobedience**)として走り、兵士から逃げ回るが、遂に捕まる。「私は観念し手錠を後ろ手にかけられるがままになった。然し仲間は抵抗し、警備兵に、なぜここに来たか、ここにいる権利を定めた法について彼らにわからせようとした。彼女はこの土地が西ショショーニから盗まれたものであり、ここにいる権利が自分にはあるとし、「自分はニュールンベルグ規範に従っていると述べた」(四五六)。彼女は歩くことも拒んだため、私たち二人は足かせもはめられ、立ち上がることもできなかった。この後なおも抵抗した友人は砂漠地の野茨とサボテンの中を引きずられて連行される。

このようにテストサイトで展開されているソルニットの文学は、この闘いが一種の明確な内戦であることを示している。彼女らは女兵士としてアメリカ軍の兵士と闘っている。ソローの時代にはまだ西部に無限の土地が広がっていた。しかしここには、植民地化された西部の鉄条網で囲われた国の定めた進入禁止区域で、「非暴力の抵抗」が無効化される人間と土地の不当な奪取と蹂躙がある。『エコトピアと環境正義の文学』で「グローバル・ジャスティネス」について論じたソルニットは、個人と国の関係を超えた共同体を志向する二〇〇九年の『災害ユートピア——なぜそのとき特別な共同体が立ち上がるのか』(*A Paradise Built in Hell: The Extraordinary Communities That Arise in Disaster*)で三・一一に際し大きなインパクトをもたらした。災害という非常時が生み出す被災民によるユートピアという発想は、国への抵抗のみならず、そこに国を超える共同体構築の必要を訴えたものと解釈できる。彼女らの闘いが核と災害を生き抜くためのトランスナショナルな思想運動であることも、明確に表明されている。

## 四　林京子の零への旅「トリニティからトリニティへ」

トリニティは、当初『零の暁』(*Dawn Over Zero: The Story of the Atomic Bomb*) を書いたウィリアム・ローレンス (William L. Laurence) によると、アインシュタインが発見した「物質、エネルギー、光の速度の宇宙的三位一体性の関係」(ローレンス　六) にちなむ、世界で初めて行われた原爆爆破実験の暗号名であったが、やがてその実験場全体を指し示す名称となる。またマンハッタン計画ロス・アラモス研究所所長、「原爆の父」ロバート・オッペンハイマー (Robert *Oppenheimer*) がそれを命名した時、愛唱していたジョン・ダン (John Donne) の「聖なるソネット――神に捧げる瞑想」一四の一行目にある「わが心を打ち砕き給え、三位一体の神よ」があったとされている。しかし伝記を書いたバードとシャーウィンの『オッペンハイマー』(*Oppenheimer*) によると、ここで彼が「バガバッド・ギーター」から引用した可能性があり「ヒンズー教は開祖であるブラーマ、その保存者ビシュヌ、破壊者シバを三大神としている」(四九四) と述べている。「バガバッド・ギーター」は、一九世紀コンコードの超絶主義哲学者の間でも広まっており、彼は量子物理学の天才であると共に古今東西の宗教書や文学に通じていた。オッペンハイマーは広島への原爆投下に反対していたとされている (四九四) が、周知のように、一九五三年原子力委員会にコミュニストの疑いをかけられ告訴され訴追を受け、政治の表舞台からは姿を消し、六二年に亡くなった。国家がその思想を罰した例がここにもある。

グラウンド・ゼロ地点は一九四五年七月一六日五時三〇分 (いわゆる零の時間) 世界で初めて

原爆が炸裂した土地、アラモゴルドから約一〇五マイル北上したところにあるホワイト・サンド・ミサイル発射場から、さらに二〇マイルいったところにある。スペイン語でこの地域は「死の旅」(Jornada del Muerto)と呼ばれており、世界の偉大な科学者がまさにここに人知れず死の旅の道を原爆制作プロジェクトに身を挺し、三年以上通ったのである。このトリニティをめぐる言説は現在多様な形をとり、それはその命名に量子物理学的・地理的・文学的三位一体性があるように、一つは科学的政治的かつ黙示宗教的文書があり、二つ目はアントネッタのような環境文学作品内での言及もあり、さらに本論で述べてきた核に関わる始原の場所のツアーを作品化する、トリニティ・サイト・ツアー文学がある。

第一の分野ではローレンスの『零の暁』と、一九五〇年の水素爆弾に関する唯一の科学的資料ともいえる『地獄の爆弾』(*The Hell Bomb*)があるが、人類の初めての経験を記述するこの本は文学としても読める事実志向の緊密な文体をもつ。彼はユダヤ系科学者にして原爆計画に参加を許された唯一の『ニューヨークタイムズ』記者であり、かつ長崎への爆撃機に同乗して策戦実施までの観察記録を『零の暁』第三章「決戦」につぶさに書き残している。此の二冊は高度に専門的な物理学をわかりやすく解説した科学書で、政治的には中立であり、冷戦期一九五〇年に崎川範行が訳し創元社から出版されていることも、日米の驚異的応答と共働の事実である。『地獄の爆弾』の著者注解で「可能性のある悲劇人類滅亡に取って代わる唯一のものは一歩一歩確保される平和であるように見える」(一九五)としている。崎川はローレンスの執筆意図を解説して、『零の暁』の訳者あとがきでは「我々の生存の道はただ一つ、永久平和のみにある。もはや戦争という言葉は人類の自殺と同義語」（三四八）であると確言している。

先にテストサイトの文学で原子エネルギーと、プロメテウスの火との比較に言及したが、原爆をプロメテウスの火に比較する比喩は、『零の暁』に始まるかと思われる。ローレンスはその本で何箇所もプロメテウスに言及しているが、原子エネルギーが太陽のエネルギーに由来する火、すべての文明の始まりであるプロメテウスの火と、如何に根本的に異質で地球を滅ぼす可能性があるかを繰り返し述べている。まず第二章で「我々の文明は、プロメテウスによってともされた最初の火花を基にして栄えてきた。そのもとは太陽から来たものであった。ところが地球上には、太陽に由来しない別の形のエネルギーが知られている。これは放射能として知られているエネルギーで、ラジウム、ウラニウム、その他類似の重い元素から発散される」（二七―八）とし、「宇宙の九九・九八％が九二の基礎的元素の原子の核に集中されている」（三二）とし、中性子によりこの核を解放する方法を科学者は編みだしたとし、そのプロセスを詳述すると共に、それが人間の制御を超えるエネルギーを生みだしたとして、強い警告を発している。

さて第三の言説「トリニティ・サイト」ツアーナラティヴが可能なのは、そこはネヴァダ・テストサイト同様空軍基地内で厳重に国家管理されているが、石積み（ゴーマン論文図一参照）のみ残っているグラウンドゼロ跡地が、年に二回四月と一〇月第一土曜日に一般公開されており、近くには「国立原爆ミュージアム」があり、お土産物も売る観光地化された場所だからである。アメリカは国民に核兵器制作の歴史的な意義を教育喧伝する場として、ここを国家管理している。広島の原爆ドームが広島市と市民によって管理されているのと対照的である。

原爆文学ジャンルを超えて広く作家として高く位置付けられている林京子は、「トリニティからトリニティへ」(『長い時間をかけた人間の経験』所収、二〇〇〇)で『祭りの場』(一九七五)以降絶えず問い続けてきた被爆体験の意味を遂にこの地への旅で探りあてたといえよう。『被爆を生きて——作品と生涯を語る』においても、この作品を「総決算」としたかったと語っている。長年自分の被爆の原点であるこの地を訪れたいと念願し、原爆の世紀が終わり「二一世紀になって」(新しい世紀が二〇〇〇年から始まると考えていた)やっと果たしたその旅を、五〇ページほどのナラティヴで〈長い時間をかけた人間の経験〉として見事に描いている。長い時間とは、おそらく林のナガサキでの一九四五年八月九日被爆の日に、トリニティでの爆破実験と同じプルトニウム爆弾が、B29で運ばれナガサキで投下されてから、生き残った被爆者林がトリニティの零の地点に到達した二〇〇〇年四月、つまり五五年の時の経過による固有の経験を意味している。それはおそらくすでに論じたグレガーやアントネッタの場合と同じように、五五年まえのトラウマを現在に呼び起こし、現在の自分が過去の一瞬を再度経験するということなのだ。グレガーが四〇年前の汚染の真実を啓示として受け取ったように、零の地点に立った時、林にも一種の啓示が、とぎれとぎれの時間の交錯の後に、ついにもたらされる。その瞬間は以下の長い引用にある。

私は、鳴りを静めた荒野に耳を澄ました。陽にあたためられてはぜる草の実の、小さいが力強い音が聞きたかった。蟻地獄を滑り落ちていく虫がたてる、あがきの砂の音でもよかった。生きているものがたてる物音を、私は聞きたかったのである。私は「グランド・ゼロ」へ向かって歩いて行った。(中略）五十余年前の七月、原子爆弾の閃光はこの一点から、曠野の四方へ走ったのである。（中略）「トリニティ・サイト」にたつこの時まで、私は地上で最初に核の被害を受けたのは、私たち人間だと思っていた。そうではなかった。被爆者の先輩が、ここにいた。泣くことも叫ぶこともできないで、ここにいた。私の目に涙があふれた。（中略）八月九日に流さなかった涙を、私は人として初めて流したのかもしれない。もの言わぬ大地に立ったとき私は、大地の痛みに震えた。私は、自分が被爆者であることを忘れていたが、沈黙を続ける大地のなかに、年月をかけて心の奥に沈めてきた逃げた日の光景を、見ていたのだろう。決定的な日の私を。（一七〇―七三）

もちろんここにいたるまでの心理の揺れは相当に複雑で、意識の流れの手法で様々な時間が交錯する。「長い時間をかけた人間の経験」で、著者は巡礼に出てお寺を巡り、境内で人々と出会い、癒しの時間を送っていたことを複雑な時間構成で作品化している。「トリニティからトリニティへ」は、二〇〇〇年元旦の切手シート当選葉書三枚の中に気になる葉書があり、アメリカ勤務の息子と共にしたアメリカ滞米中に念願していたトリニティ行きを、今年こそはと決意するところからストーリーは始まる。「希望は果たせないで、私は帰国した。あきらめたのではない。トリニティは、私の八月九日の出発点である。被爆者としての終着点でもある。トリニティからトリニティへ」（一三六）。つまり林はトリニティにいけば「トリニティを人生の円環に組み込める」と一種の決着を求めていたのだった。しかしその発想はおそらく出発地点での発想でありナガサキの経験とアルモゴルドのトリニティは、決して〈円環〉を成す通常のツアーでない、完結することのない旅であることは明白であった。なぜならここは「死の旅」の場所であり、到達の先は死の領域だからである。

この旅は、日本からヒューストン空港へ、初めて会う月子との待ち合わせ、アルバカーキー、ホテルのチェックイン、サンタ・フェでのバルーン・フェスタに集まってくる人々、ニューメキシコ征服の歴史、『世界探険歴史地図』によるこの地の探険と征服の歴史、インディオの赤土壁の家々、サンタ・フェの歴史、国立原爆ミュージアム、ファットマンのブローチ、キノコ雲のTシャツ、ナガサキの焼け跡写真パネル、そして別の部屋のファットマンとリトルボーイそのものの展示等などを経験しながら「不思議と白人しかいない」ミュージアムで、展示と土産物品としての原爆を緊張しながらみてまわったあと、原爆投下の瞬間をとらえた米制作記録映画を見せられる時まで切れ目なく続く。この間一人だけの日本人に対し、「老人が見せた視線は、核兵器廃絶は人間の良識」と信じてきた「私の神話」を全面的に崩した。ミュージアムに展示されている過去は、「老人世代が勝ち取った栄光なのだ」と気づく。ここはアメリカの中枢部であり、ミュージアム見学の長い記述を締めくくる次の一文は、幕をかけて音を殺した弔鐘のように響いてくる。「部屋の中央まで下がって、並んだ原子爆弾を私は眺めた。二つの鉄の塊は、柩のように鎮まっていた」（一四五）。

つまり著者が得た啓示は、目的地の零の地点に向けての、実に長い地理的文化的移動と、また砂漠地帯の中、地の果てともいえるメサの崖下の広大な地への困難な旅の末、特にその道が次第に生きものの影が少なくなる剝き出しの大地と、いくつも続く南西部特有のメサの不思議な地形、遠くに見えるロッキー山脈、オキーフの描く砂漠風景が大きな意味を持つ前奏曲の後、やっと著者にもたらされたものであった。その道はかつてオッペンハイマーも通ったまさに〈死の旅〉への道だったのである。彼女は声も音もないいわばすべての生きものの死の場所に立ったのである。これは八月九日の悲惨と苦しみとは、ある意味で真逆のものかもしれない。

「私」はその夜ルイに一編の詩を書くが、それはこのように終わっている。「私たちの往くところは／ああ　何処にあるのだろう。今ではいくつかの水爆で／わき上がる雲と煙は　地の崖まで流れ／核の冬が地球を覆い／命あるものすべては死滅すると言う／歴史は　ヒロシマとナガサキを過ぎ／とうとうここまできてしまった」（一七八―七九）。これは彼女が得た啓示を詩の形で記述したものである。ヒロシマとナガサキの比類なき絶対的経験は、このトリニティの地で、初めて相対化され、歴史化された。林に訪れたのは、核の歴史への、前未来的覚醒であったと言えるかもしれない。

本論ではカーソンが予言した核の場所に関わるナラティヴを、ハンフォード、ユッカマウンテン、ネヴァダ・テストサイト、トリニティへと辿ってきた。それぞれの場所が固有の文学を生み出しているが、核がもたらしたものへの絶対的な畏怖が根底にある。核の場所に関わる文学は、核以前の世界を構成していた生きもの一切の喪失を知り、トラウマの風景を地層の底にまで解剖する。だからそれは、決してトラベルライティングのように出発点に戻る円環では終わらない。隠蔽された場所の意味を身体をかけて探求し、ある啓示に達するのである。

## 注

（1）『ハンフォードの農家の娘達――チーフ・クワルチャンの裏切り、アプローザと私』については、伊藤の解説論文『オルタナティヴ・ヴォイスを聴く』（音羽書房鶴見書店、二〇一一）第一章８「原爆製造と土地の簒奪、語りによる歴史の回復」と重なるところがあることをお断りする。今回ワシントン大学から出版された歴史学の研究書により、拙論を見直し、改稿を行った。

（2）アメリカからは「さらに風下にいきて」のジム・ターター (Jim Tarter) の寄稿に恵まれたが、ターターは論文中でも自分を含む家族の癌治療について触れている。しかし出版後二〇一一年一〇月、五二歳での突然の訃報に接した。

（3）ユッカマウンテンの歴史については、グロットフェルティの論文やウィキペディアや以下を参照した。Nuclear Information Resource Service. 1 Aug. 2014 <www.nirs.org/factsheets/yucca.pdf.>

## 引用・参考文献

Antonetta, Susanna. *Body Toxic: Environmental Memoir.* New York: Counterpont, 2001.

Brown, Kate *Plutopia: Nuclear Families, Atomic Cities, and the Great Soviet and American Plutonium Disasters.* New York: Oxford UP, 2013.

Buell Lawrence. *Writing for an Endangered World: Literature, Culture, and Environment in the U.S. and Beyond.* Cambridge: Harvard Belknap Press, 2001.

Carson, Raechel. *Silent Spring*. Boston: Mifflin, 1962.

———. *The Sea Around Us*. Boston: Mifflin, 1951:rep. 1961.

———. *Lost Woods: The Discovered Writing of Rachel Carson*. Ed. Linda Lear. Boston: Beacon, 1999. 古草秀子訳

『失われた森』集英社、二〇〇〇。引用は邦訳書によった。

Findlay, John. *Atomic Frontier Days: Hanford and the American West*. Seattle: U of Washington P, 2011.

Flenniken, Kathleen. *PLUME*. Seattle: U of Washington P, 2013.

Glotfelty, Cheryll. "Reclaiming Nimby: Nuclear Waste, Jim Day, and the Rhetoric of Local Resistance." *Environmental Criticism for the Twenty-First Century*. Eds. Stephanie LeMenager, Ken Hiltner, and Teresa Shewry. (New York: Routledge, 2011) 196-215.

———. Ed. *Literary Nevada: Writings from the Silver State*. Reno: U. of Nevada Reno and Las Vegas. 2008.

Greger, Debora. *Desert Fathers, Uranium Daughters*. New York: Penguin, 1996.

Hersey, John. *Hiroshima*. New York: Knopf, 1947.

Hevly, Bruce and John Findlay. *The Atomic West: Region and Nation, 1942-1992*. Seattle: U of Washington P, 1998.

Hynes, Patricia. *Recurring Silent Spring*. New York: Pergamon P, 1989.

Laurence, William L. *Dawn Over Zero: The Story of the Atomic Bomb*. Knopf, 1946; The Hell Bomb. Knopf, 1951. 崎川範行訳『零の暁』創元社、一九五〇。『地獄の爆弾』創元社、一九五一。引用は邦訳によった。

Matsunaga, Kyoko. "Leslie Marmon Silko and Nuclear Dissent in the American Southwest." *The Japanese Journal of American Studies*. 25 (2014): 67-87.

Solnit, Rebecca. *A Paradise Built in Hell: The Extraordinary Communities That Arise in Disaster*. New York: Penguin, 2010.

Souder, William. *On a Further Shore: The Life and Legacy of Rachel Carson*. New York: Broadway Books, 2012.

Walker, Shockwave. *Countdown to Hiroshima*. New York: Harper Perennial, 2005. 横山啓明訳『カウントダウン・ヒロシマ』早川書房、二〇〇五。引用は邦訳によった。

Weisgall, Jonathan. *Operation Crossroads*. Annapolis, MD: Naval Institute P,1994.

Williams, Terry T. *Refuge: An Unnatural History of Family and Place*. New York: Random House, 1991.

井樋三枝子「アメリカの原子力政策の動向――ユッカマウンテン凍結後のバックエンド政策」『外国の立法』

二四九（国立国会図書館調査及び立法調査局、二〇一一）八七―九八。

伊藤詔子「*Silent Spring*――"Toxic Inferno"を下って沈黙のジェンダー的ルーツを探る」『アメリカ研究』四一（アメリカ学会、二〇〇七）一九―三六。

――「汚染の身体とアメリカ――ジェンダーで読む現代女性環境文学」田中久男監修『アメリカ文学研究のニュー・フロンティア』（南雲堂、二〇〇九）二九九―三一九。

キリングワース＆パーマー「『沈黙の春』から地球温暖化にいたる終末論的語り」伊藤詔子、吉田美津、横田由理編『緑の文学批評』（松柏社、一九九八）二二三―四九。

スロヴィック、スコット「ユッカマウンテンのように考える」中島美智子訳、スコット・スロヴィック、伊藤詔子、吉田美津、横田由理編『エコトピアと環境正義の文学――日米より展望する　広島からユッカマウンテンへ』（晃洋書房、二〇〇八）一五六―八八。

長岡真吾「記憶化される歴史――シャーマン・アレクシーにおける歴史と虚構」『イン・コンテキスト』（筑波大学英米文学研究会、二〇〇〇）一八〇―二〇一。

バード、カイ＆マーティン・シャーウィン、河邉俊彦訳『オッペンハイマー　上下』（*American Prometheus: The Triumph and Tragedy of Robert Oppenheimer*）ＰＨＰ、二〇〇七。

林京子『長い時間をかけた作家の経験』講談社、二〇〇〇。

――［聞き手］島村輝『被爆を生きて――作品と生涯を語る』岩波ブックレット813、二〇一一。

――『ヒロシマ・ナガサキ』（コレクション・戦争と文学19）集英社、二〇一一。

# 震災後の記憶と想像力の行方
## ――ルース・L・オゼキの『あるときの物語』をめぐって――

松永京子

### はじめに

東日本大震災が発生してから約二年を経た二〇一三年三月一三日、カナダ西海岸に流れ着いた、また今後流れ着くことが予想される震災漂流物を処分するために、日本政府が見舞金として百万ドル（約一億円）をカナダ政府に供与することが共同発表された。太平洋をゆっくりと円を描くように流れている太平洋循環とよばれる海流に乗って移動した震災漂流物の一部は、海流から分離し、二〇一二年の夏にはすでにオレゴン、カリフォルニア、ブリティッシュコロンビアなど北米の太平洋沿岸部に漂着しはじめている。日本から送られた見舞金の使用方法についてカナダ政府は、主にブリティッシュコロンビア州沿岸に打ち上げられた震災漂流物の処分に当てることを表明した。[1]

この発表がなされる二日前の二〇一三年三月一一日、日系アメリカ人作家として知られるルース・L・オゼキ (Ruth L. Ozeki) は、小説『あるときの物語』(*A Tale for the Time Being*) を出版した。

そして、震災以後の世界でブリティッシュコロンビア州のデソレーション・サウンド（Desolation Sound）に位置する小さな島に住む作家ルース（Ruth）と、震災以前の二〇〇一年に東京で暮らす一六歳の少女ナオ（ヤスタニナオコ、Nao）を、東北の大地震による津波によって漂流したかもしれないナオの日記によって結びつけた。小説中では、ナオの日記が震災漂流物である可能性は示されているものの、ナオの日記と震災の関係は明らかにされていない。しかし、東北で起こった大地震とそれに付随して起こった津波、原発事故、そして日本から北米へと流れ着いた震災漂流物が、カナダのブリティッシュコロンビアに在住する一人の作家に強い衝撃とインスピレーションを与えたことは間違いない。このことは、合成ホルモン剤による牛肉汚染の問題に注目したデビュー作『イヤー・オブ・ミート』(*My Year of Meats*, 1998)、遺伝子組み換え作物による汚染問題に着目した二作目『オール・オーバー・クリエーション』(*All Over Creation*, 2003) に続く本書の出版日を、震災から二年目の三月一一日に選んだ作者の決意にも伺うことができるだろう。

ナオの日記とナオの日記の読み手であるルースの物語が交互に語られる本書には、海流に乗って日本から北米大陸へと移動する漂流物を皮切りに、実に様々な形の横断――カリフォルニア州サニーベールから帰国したナオとナオの家族の移動、ブリティッシュコロンビアに生息する宮城県産の牡蠣や、漂流物とともにカナダに渡ってきたといわれる日本原産カラスの生態学的横断、そしてブログやEメール、インターネットといった情報通信技術を通じてのグローバルな横断――を見て取ることができる。だが、田中文が『あるときの物語　下』の「訳者あとがき」のなかで指摘しているように、横断されるのは太平洋といった地理的空間だけではない（二一九）。アメリカ同時多発テロが起きた二〇〇一年を生きるナオと二〇一一年以降（おそらく二〇一三年であることが作品では仄めかされている）を生きるルースを結びつける〈日記〉や、二一世紀に生きる彼女たちと第二次世界大戦中にカミカゼ特攻隊員として死んでいったナオの大伯父ハルキ（作品中ではハルキ①とも呼ばれる）を結びつける〈手紙〉は、地理的空間を横断する伝達手段としてだけでなく、時空の横断を可能とする媒介手段としても機能している。オゼキは『イヤー・オブ・ミート』や『オール・オーバー・クリエーション』といった従来の作品においても、横断や越境のテーマを前景化してきたが、これらの作品が文化・人種・ナショナリティの横断や越境に注目したのに対し、『あるときの物語』においてオゼキが横断、あるいは越境を試みたのは、〈過去〉と〈現在〉の境界であった[2]。そして、本作品の核《コア》ともいえる〈時間《とき》〉の分岐点となるのが、二〇一一年三月一一日である。オゼキは、〈三・一一〉以後のルースの物語を通じて、震災漂流物や放射能汚染による環境的・心理的影響、そしてデジタル時代における情報や記憶のあり方を探る。一方で、〈三・一一〉以前のナオの物語では、第二次世界大戦のカミカゼ攻撃やアメリカ同時多発テロといった歴史的出来事が取り上げられ、歴史が記憶・記録されていくなかで取り残されてきた物語を掘り起こそうとしている。では、オゼキはどのように〈三・一一〉以前の世界と〈三・一一〉以後の世界を横断しているのだろうか。震災前と震災後の作家の環境的視点や問題意識に注目しながら、〈三・一一〉を越境する記憶と想像力の行方を探ってみたい。

## 一　震災と文学と越境される時間

タケシ・キモトがエッセイ「ポスト三・一一文学――福島出身の二人の作家」(“Post-3/11 Literature: Two Writers from Fukushima”) のなかで指摘しているように、二〇一一年三月一一日以降、実にたくさんの日本の作家たちが、直接的あるいは間接的に震災について語ってきた。例えば大江健三郎は、『ニューヨーカー』誌に掲載されたエッセイ「歴史は繰り返す」(“History Repeats”) のなかで、「広福島第一原発事故を広島と長崎の原爆やマーシャル諸島における核実験の記憶へと結びつけ、「広島の犠牲者の記憶に対して起こりうる最悪の裏切り行為」と見なし (Oe　頁なし)、村上春樹はスペインでカタルーニャ賞を受賞した際に行ったスピーチ「非現実的な夢想家として」(“Speaking as an Unrealistic Dreamer”) のなかで、福島の原子力発電に言及しながら、広島と長崎の被爆者に対する「集合的責任」を全うしなかった日本のあり方に疑問を呈している (Murakami　頁なし)。震災後、いち早くツイッター上でメッセージや震災詩を発信した福島在住の詩人和合亮一は、余震や放射能汚染の脅威に直面しながら、サイバースペース上でことばを放ち続け、大きな反響と共感を得た[3]。

このように多くの〈ことば〉が生みだされる一方で、多くの作家たちが「ことばを失った」と感じていたのも事実である。高橋源一郎は『非常時のことば』のなかで、震災後に人々が「ことばを失った」と感じたのは、「あの日」以降、「内側でも外側でも『ことば』や『文章』の様相が変わったように思えた」(八) からだと指摘している。また、震災直後に小説執筆の仕事を二つキャンセルした古川日出男は、『馬たちよ、それでも光は無垢で』（以下、『馬たちよ』と表記）のなかで「構想を立てて執筆するような種類の小説《もの》は、もう書けない」（九）と述べ、さらに重松清との対談のなかでは「小説家としての自分のこれまでの想像力が、無効だった、役に立たない」（「牛のように、馬のように」一七八）と思ったことを告白している。高橋や古川がこのように感じたのは、〈三・一一〉以降、文学の「種類」がより一層「問われ」るようになったからであり、「無効」ではない小説を書くためには「ことば」や「文章」をより慎重に選ぶ必要があると痛感したからにほかならない（『馬たちよ』一〇）。「ことば」や「文章」のあり方を模索しながら高橋は、もともとアメリカ同時多発テロを題材としていたが書けなかった作品を土台に小説『恋する原発』を仕上げた(4)。一方、古川は、「巨きな余震があるたびに」「推敲」しながら『馬たちよ』を執筆した（一〇）。震災後、〈ことば〉の呪縛に囚われながらも、文学作品は生みだされ続けたのである。

震災後の文学のなかでも特にここで取り上げたいのは、古川の『馬たちよ』と、高橋が『恋する原発』のなかでも言及している川上弘美の短編「神様２０１１」である。というのも、この二つの作品は、形は違いながらも、〈三・一一〉以前の世界と〈三・一一〉以後の世界を一つの作品のなかで描くことで、二つの世界を接続することの意義を模索しているからである。また、陣野俊史が『世界史の中のフクシマ――ナガサキから世界へ』のなかで指摘しているように、川上と古川は「自分が過去に書いた作品を大胆に自らの手で改作」することによって、「核の不安」を小説にしているという共通点を持つ（一一七―一一八）。

川上は、一九九三年に発表した短編「神様」のなかで、「最近越してきた」ばかりの「くま」に誘われて、「わたし」が散歩にでかける一日を描いている。そして、二〇一一年、この短編を書き直したものに「神様２０１１」というタイトルを付け、オリジナルの「神様」と一緒に『群像』に掲載した。疑うまでもなく、二〇一一年三月の出来事は、作家の想像力と〈ことば〉に影響を及ぼし、作品の意義を著しく転化するきっかけとなっている。以下、「神様」と「神様２０１１」の巻頭部分を引用する。

くまにさそわれて散歩に出る。川原に行くのである。歩いて二十分ほどのところにある川原である。春先に、鴫《しぎ》を見るために、行ったことはあったが、暑い季節にこうして弁当まで持っていくのは初めてである。散歩というよりハイキングといったほうがいいかもしれない。（「神様」　一〇九）

くまにさそわれて散歩に出る。川原に行くのである。歩いて二十分ほどのところにある川原である。春先に、鴫《しぎ》を見るために、防護服をつけて行ったことはあったが、暑い季節にこうしてふつうの服を着て肌をだし、弁当まで持っていくのは、「あのこと」以来、初めてである。散歩というよりハイキングといったほうがいいかもしれない。（「神様２０１１」　一〇四）

二〇一一年版には、「防護服をつけて」、「ふつうの服を着て肌をだし」、「『あのこと』以来」というフレーズが付け加えられたにすぎない。しかし、これらが付け加えられたことによって、作品本来の意味は大きく変容している。一九九三年の物語では、〈非日常〉の象徴ともいえる「くま」（あるいは「熊の神様」）を「わたし」の〈日常〉に挿入することで、〈日常〉の世界が〈非日常〉の世界によって補完され、より満ち足りた安全な空間が想像／創造されている。だが、二〇一一年の物語では、〈日常〉は危うい空間へと変貌する。「くま」という〈非日常〉によってではなく、放射能汚染の脅威という〈現実〉によって。高橋源一郎は、この二つの小説を重ねて読みながら、「一つの世界だけを見ていながら、同時に、その世界に重なるように、震えて、微かに存在している、もう一つの世界」（『非常時のことば』一三三）を描き出した川上の小説を、高く評価している。川上が作り出したのは、〈三・一一〉以前の世界と〈三・一一〉以後の世界が同時に存在する、「不思議な、揺れる、ことばの空間」（一三三）であった。

川上弘美が〈三・一一〉以前の物語を書き直すことで〈三・一一〉以後のリアルな〈日常〉の変化を浮き彫りにしたのに対し、古川日出男は、〈三・一一〉以後の「私」の世界に〈三・一一〉以前の小説を挿入することで、二つの世界が密接に繋がっていることを示そうとしている。福島出身の古川は、二〇一一年三月一一日、仕事で京都に滞在していた。『馬たちよ』は、震災から一ヶ月後の二〇一一年四月、福島県の浜通りに車で向かった作者の経験をもとに書かれた作品である。出版社からの三人の同行者とともに南相馬市鹿島区を南進する「私」は、車中でもマスクを着け、「一羽も鳥が鳴いていない」「ゴーストの自然」（五四）を目にする。ここでは「見えない光」が降っていて、「私はマスクを外していない」（五五）。太平洋岸沿いに、地図上では幾つも存在する神社と鳥居を探すが、どこにも見当たらない。県道からそれて車を北上し、ようやく神社と鳥居を見つけた「私」は、車を出て神社と鳥居を見た後、他のメンバーよりもおくれて戻ってくる。そして、バックシートに、もう一人のメンバーが加わっていることに気がつく。「それが彼だった。／書け。私はこれを書け。そこに狗塚牛一郎がいたのだと書け。五人目が。私たちの五人目が」（六二）。

狗塚牛一郎は、古川が「メガノベル」と称する二〇〇八年の小説『聖家族』の登場人物である。陣野が「古川はいま、小説ならざる何かを小説へと転換しようとしている」（一一五）と述べているように、狗塚牛一郎の登場は、「私」と同様に〈三・一一〉以後の世界を生きている読者を、〈三・一一〉以前の物語の世界へと引き戻す。それは、東北六県を舞台とした記憶と記録の物語であり、「正史」を批判するために古川が小説家として用意した「稗史」あるいは「外史」の世界でもあった。狗塚牛一郎と「私」はことばを交わし、その後、二人は「歴史」について語り始める。織田信長や豊臣秀吉といった戦国時代の「武将たち」による「人殺しの歴史」。そして、戦争の形態を大きくかえることになった「馬」の歴史について（六九—七九）。もともと相馬藩の領土であった相馬地方は、馬の存在する重要な場所で、福島第一原発から半径三〇キロ圏内にある南相馬市の雲雀ヵ原では、毎年、野馬追《のまおい》と呼ばれる国の重要無形民族文化財に指定されている演武の神事が行われてきた（四三、四六、九七）。南相馬市に向かう前に訪れた相馬市で「避難馬」に遭遇した「私」は、次のように述べる。

私は馬たちに、放出される放射線は目に見えないのだ、と説明することもできない。快晴のこの日の、この昼、見えない物質があってそこから見えない粒子が放たれていて、いまも天上から降っているのだとは説けない。そもそも光は光だから、見えない。これほどの晴天なのに。いいや、晴天だから。（四七）

「馬語」を話すことができず、馬たちを癒すこともできない「私」は、震災による馬への被害を、長い間「人為淘汰」にさらされてきた馬の歴史の一部として位置づけ、「正史」において見過ごされてきた馬をめぐる記憶を紡ぐ。このように古川は、小説上の登場人物である狗塚牛一郎を介して馬の物語を掘り起こすことで、継続する東北の歴史を示そうとしたのだった。

「神様２０１１」や『馬たちよ』といった作品が、二〇一一年三月一一日という日付を越境し、〈三・一一〉以前の世界を〈三・一一〉以後の世界に結びつけているように、オゼキの『あるときの物語』もまた、二つの世界を越境する物語となっている。本書が出版された直後のエレノア・タイ(Eleanor Ty)とのインタヴューのなかでオゼキは、二〇〇七年に書き始めたこの小説が、震災以降大きく修正されなければならなかった理由を次のように述べている。

それからエージェントに原稿を提出し、出版するための決まりきった味気ないプロセスを辿っていた二〇一一年の初めに、あの地震と津波が起こりました。それが起こったとき、突然すべてが変わりました。物語をそのまま続けることは絶対に無理だと思ったのです。それで提出していた原稿を取り消しました。その原稿をどうしたらいいのか分からなかったのです。物語の半分であるナオの部分は大丈夫でした。すべて津波の前に起こったことだから。でも、まだうまく書けていない部分があって、それはナオの読み手の部分でした。それで、文字通り小説を二つに割って、その半分の部分を捨ててしまったんです。それから二〇一一年の五月に、もう一度書き始めました。「いや、やっぱり私がこの登場人物にならなくては」と思ったのはそのときです。これは自伝的な物語だったので、前に踏み出して、本の中に入ってしまえばよかったのです。そのことを決意してしまうと、はっきりとそれが正しい決断だと分かりました。それは初めから私がやりたかったけれど、怖くてできなかったことでした。こういったことに行き着くまで、五年かかりました。（タイ　一六四）

震災以前にオゼキは、ナオの日記部分は二〇〇七年に書き始めたものの、ナオの日記の読み手となる登場人物を決めるのは容易ではなかったと述べている。一度は作者自身を作品に導入しようとも考えるが、思い直して止め、そのかわりにナオの日記の読み手の候補として五人の人物の物語をそれぞれ創作し、五つの違ったバージョンの下書きを執筆した（タイ　一六四）。このような過程を経て、原稿をエージェントに提出した矢先に起こったのが、東日本大震災である。震災をきっかけにオゼキは、ナオの読み手の部分をすべて「捨てて」、新たな物語を執筆した。これが、作者自身を登場人物としたルースの物語となったのである。

このように本作品は、震災前に書かれたナオの部分と、震災後に書かれたルースの部分で構成されており、〈三・一一〉を分岐点として、二つの時間の世界が描かれている。オゼキは、川上が一九九三年の作品を書き直したように、震災前の物語を書き直した。また、古川が自身の小説の登場人物を震災後の「私」の世界に挿入したように、二〇一一年三月以前に書かれたナオの日記の読み手として、二〇一一年三月以降を生きる作者を設定した。日本の作家たちの〈ことば〉に影響を及ぼした震災は、太平洋を横断し、カナダのブリティッシュコロンビア州に住む作家の〈ことば〉にも痕跡を残したのである。

## 二　震災後の物語

震災後、新たに書き加えられたルースの物語には、東北地方で起きた震災が、太平洋を挟んだカナダの小さな島に与えた影響、あるいは与えうる影響が描かれている。これまでにもルースの住む島の海岸では、プラスチックのおもちゃからナイキのスニーカーまで様々なゴミが発見されていたが、ルースがナオの日記を見つけると、環境アーティストでもあるルースの夫オリバー（Oliver）は、それが太平洋循環（Pacific Gyre）と呼ばれる海流からそれた漂流物である可能性をルースに説明する。海洋には一一の大循環があり、日本から北米に向かいブリティッシュコロンビアの海岸線で分岐する循環は、アリューシャン循環とウミガメ循環と呼ばれる。通常、ウミガメ循環は一循環するのに六年半、アリューシャン循環は三年かかる。そして、これらの「循環の軌道にずっと乗ったままの漂流物は、循環の記憶の一部」とみなされ、「循環からそれる割合が漂流物の半減期を決め」る（『あるときの物語　上』二一六）。

オリバーによるこの説明は、カーティス・エブスメイヤー（Curtis Ebbesmeyer）による海洋科学の研究に基づく。オゼキが参考文献として挙げているエブスメイヤーとエリック・シグリアノ（Eric Scigliano）の『漂流物潮流研究と浮遊の世界』（*Flotsametrics and the Floating World*）によると、「一循環後に循環に残っている漂流物の断片」は「循環の記憶」と呼ばれる（二三六）。また、「循環の記憶」のパイオニアであるアモス・ウッドは、「一定の期間内にどれだけの浮遊物が失われ（すなわち、浜に打ち上げられ）ているか」という「循環の損耗率」を計算し、「全世界の循環の平均として、一循環、約五〇パーセントの漂流物サンプルが失われている」と推定した（一五九）。すなわち、循環に乗った漂流物は、放射性同位体と同様、半減期を持つ。

震災漂流物は、循環をそれた漂流物として、海岸に漂着する。オリバーは、いずれルースの島の海岸にも漂着すると予想されていた震災漂流物が、予測よりも早く漂着したのではないかと推測しているが、ナオの日記もその一つというわけである。もちろん、前述したように、ナオの日記が震災漂流物であるかどうかは、作品中では明らかにされていない。[5]けれども、ナオの日記が震災漂流物であるかもしれないという可能性は、示唆に富む。ナオの日記はフィクショナルである。しかし、震災漂流物はフィクショナルではない。震災漂流物がいずれはカナダに漂着すること、さらにこれらの震災漂流物がカナダの生態系に影響を与えるかもしれないという可能性は、飛躍した憶測ではなく、二〇一一年以降、カナダ西海岸に流れ着いた震災漂流物の現実を反映したものでもあった。

漂流物の例の一つに、小説中で言及されるカラスが挙げられる。オリバーは、カナダ原産のヒメコバシガラスとワタリガラスの他に、日本原産のハシブトガラスが島に生息しているのを発見し、ハシブトガラスもまた、漂流物とともに日本から渡ってきたカラスなのではないかと考える（『あるときの物語　上』八八）。後に、ルースの夢のなかにあらわれるカラスは、ルースをナオの世界に導くいわゆる案内役を果たしているが、実はこのカラスもまた、ハシブトガラスとされている。生態学的な横断によって大陸を結ぶだけでなく、夢というフィクショナルな空間を通じて震災前の世界と震災後の世界を結びつけている点においても、ハシブトガラスの存在は無視できない。太平洋循環に乗った漂流物とともに日本からカナダへと渡ってきたとされる日本のカラスは、震災後の世界に住むルースを震災前のナオの世界へと誘うことで、あたかも漂流物が循環を逆回りして元の場所へ戻ったかのような錯覚を与えると同時に、時間と空間の移動を可能にしている。

ハシブトガラスの例にも伺えるように、オゼキは地元のエコシステムが外からの影響によって変化することに対して、必ずしも否定的に捉えているわけではない。例えば、海洋生物学者・環境活動家であるカリーは、地元の「排他主義者」たちが「侵入種」や「外来種」に対して「すでに気をもんでい」て、日本原産のハシブトガラスもその標的にされる可能性をルースに伝えるが、ルースはハシブトガラスに対してこのような嫌悪感を抱いてはいない（一八二）。このことは、ルースの母親が日本からの移民であることも関連しているかもしれない。実際のところ、ルースは、ハシブトガラスに対する否定的な反応を、第二次世界戦中に日系カナダ人に対して向けられた人種差別やゼノフォビア（外国人嫌い）と重ね合わせることで暗に批判している。島にはかつて人々が「ジャップ農場」と呼ぶ、戦時中に抑留された日本人家族の古い家屋敷が存在していた。しかしルースは、「ニューエイジ的公平さに島の歴史を消去させないのは大切なこと」（五三）だと信じて、いまでも同じ呼び名を使っている。さらにルースは、この島にもともと住んでいた先住民を殺戮したスペインの侵略者たちの名前が、ブリティッシュコロンビアの小島や海峡につけられている事実も記述しており、排他的な外国人嫌悪だけでなく、暴力的な植民地主義に対しても厳しい目を向けている。

このように、良くも悪しくもカナダが海を通じて世界の他の場所と繋がっており、それぞれの地域に住む動物や植物や人間が、より大きなエコシステムのなかで相互作用を及ぼしている事実は、震災による地球規模の汚染という問題をも喚起する。小説中でルースは、毎日アップデートされる国際原子力機関（The International Atomic Energy Agency）の『二〇一一年福島原子力発電所事故日誌』（*Fukushima Nuclear Accident Update Log*）を引用し、四月四日、ＴＥＰＣＯ（東京電力、東電）が「一万千五百トンの汚染水を太平洋に放出していいという許可」を政府から得、四月五日以降、五日間連続で汚染水を垂れ流したことを指摘している（二九二―九三）。ルースは『日誌』に言及して、さらに次のように述べている。

> 汚染水の放射能濃度は法定限度の約百倍だが、太平洋は広くて大きいので、東電は問題を予知しなかった。『日誌』によると、東電は、原発近くの海でとれた海藻や魚を一年間毎日食べつづけた場合の年間被曝量の増加分は〇・六シーベルトであり、人体に影響はないと予測した。魚への影響に関する予測はなかった。[6]
>
> 情報は水によく似ている。つかまえておくのはむずかしく、こぼれ落ちないようにするのは困難だ。東電と日本政府はメルトダウンに関するニュースが外部に流出しないよう努め、しばらくのあいだは原発付近の危険な放射能レベルに関する決定的データを隠すのに成功したものの、やがて情報は漏れはじめた。（二九三―九四）

ルースの物語に挿入されているこの箇所から、作家オゼキが放射性物質による海洋汚染のエコロジカルな影響に懸念を抱いていたことは明らかである。まず、「人体に影響はない」、「魚への影響に関する予測はなかった」とあるように、オゼキは、震災直後の東電の対応において、長期的には人間にも影響を与えうる海洋の生態系への影響が考慮されていないという点を批判した。次に、「太平洋は広くて大きいので、東電は問題を予知しなかった」とあるように、「広くて大きい」という言葉によって、海洋の複雑なエコシステムが単純化されることへの危惧も示している。さらに興味深いのは、オゼキが放射性物質による太平洋エコシステムの汚染を、情報の流出という問題へと結びつけたことである。オゼキが用いた情報と水のアナロジーは、メルトダウンや放射性物質による汚染の危険性といった情報を、完全に隠蔽したり制御したりすることが不可能なように、汚染水をコントロールすることが容易ではないという問題を提起している。

ここで「太平洋は広くて大きい」というレトリックについて、島でとれる牡蠣をめぐるオリバーとルースの会話に注目しながら、もう少し考察してみたい。ルースがオリバーに、島で牡蠣養殖を生業とする人々が、福島第一原子力発電所からの放射能汚染を心配していることに対してどう思うかと尋ねると、島で採れた牡蠣を食べながら、「太平洋はだだっ広いからな」（二八〇）とオリバーは答える。さらにオリバーは、牡蠣が島に初めて導入されたのは一九一二年か一九一三年、島に帰化したのは一九三〇年代であり、またこれらの牡蠣はもともと島に生息していたものではなく、「宮城牡蠣」と呼ばれている宮城原産の牡蠣であることを指摘する。牡蠣が他の場所からもちこまれてきたことは、この島に住んでいるものであれば「誰もが知っていた」（二八〇）。だが、この牡蠣が、ナオの曾祖母ジコウが暮らす寺がある宮城から来ていることを、ルースは「知らなかった」（二八〇）。そして、オリバーからの情報によってこの二つを結びつけたルースは、「だだっ広い太平洋が突然、少し縮んだような気がした」(二八一)と感じるのである。このことは、放射能汚染に対する漁師たちの心配が、全く根拠のないものではないことを示唆する。宮城という土地を知らなければ、宮城は〈遠い〉。だが、宮城についての情報を得ることで、その距離は縮まる。島に昔から住んでいる人々が「宮城牡蠣」について知っていたと想定したならば、震災後に宮城という名前をニュースで聞いたときに最初に思い出したのは、島で採れる牡蠣ではなかったか。宮城という〈遠い〉場所の牡蠣が、太平洋を渡ってこの島へ移動することが可能ならば、同じく〈遠い〉国から垂れ流された汚染物質に対して島の住人たちが懸念を抱いたとしても、不思議ではない。

オリバーによる説明と情報は、東北とブリティッシュコロンビアの距離を縮め、「太平洋は広くて大きい」という認識を問い直すきっかけをルースに与える。また、ルースとオリバーの会話から、島の人々の放射能汚染への不安が、島のエコシステムの認識と深く関わっていることも見えてくる。オゼキは、震災漂流物が西海岸に漂着し始めている事実は、地球という惑星がたいへん小さいもので、根本的にすべてが関連性を持っていることの証であると述べているが(タイ一六二)、このような感覚においては、放射能汚染の問題は日本の問題であるだけでなく、地球規模の問題として捉えることが可能なのである。

震災後を生きるルースの世界をこのように〈小さく〉しているのは、東日本とブリティッシュコロンビアを結びつけるエコシステムだけではない。ルースは、テレビやインターネットといったメディアが、瞬時に地球の離れた場所を結びつけることによって、時空間の距離までもが短縮していることを知覚している。震災直後、ルースはまるで取り憑かれたかのように、インターネットに映し出された大量の津波や災害のイメージを何度も繰り返して見、船や車やトラックが津波に飲み込まれていく様子を「疑似体験」する。このように、インターネットによって入手可能となった動画の映像は、時間と空間を越境して、送り手と受け手を一瞬で繋ぐ。けれども、「町全体が瞬時に破壊されて流されるのを見ながら、この時間はオンラインでとらえられたものの、ほかの多くの時間はただ消えてしまったのだと気づいた」（一七二）とあるように、ルースはこれらのイメージがあくまでもメディアを通して体験されていることに意識的で、画面に収められたイメージが限られたものであること、画面に捉えられなかったその他たくさんの瞬間が存在することも察知している。『あるときの物語』は、メディアで取り上げられなかった無数の瞬間、あるいは無数の物語に目を向けることで、メディアを受ける側の想像力の必要性を浮き彫りにしたのである。

本作品は、メディアによって捉えられた瞬間や情報でさえも、次々とメディアで取り上げられるイメージの波によって忘却されてしまうというメディアの限界をも露呈する。ルースの物語によると、地震、津波、原発事故が起こってからの二週間、世界中のテレビ画面が日本のイメージで溢れ、多くの人々が一時的に「マイクロシーベルト」や「プレートテクトニクス」といった専門用語についてのエクスパートとなった。しかし、しばらく時間が経つと、震災の映像やニュースは、リビア内戦やミズーリ州の竜巻のイメージによって取って代わられ、次第に減少していき、最後には日本経済における震災の影響といった数字的なものへと回収されていく（一七三）。テレビやインターネットによる情報は、瞬時に伝えることができると同様に、瞬時に忘却されていくという特徴を持つ。このことに敏感に反応しながら、ルースは「情報の半減期」について考えはじめるようになる。

情報の半減期とはなんだろう？ 情報が朽ちる速度は、それを伝える媒介に関係しているのだろうか？ ピクセルは電力を必要とする。紙は火事や洪水に弱い。石に彫られた手紙はそれらより長持ちする。分散させるのは容易ではないが、ときに静止が役立つこともあるのだ。（中略）

情報の半減期は人々の注意の減衰と関係しているのだろうか？ インターネットは一時的な海洋循環のようなもので、あたかも漂流物を吸い込むように、循環の軌道へと物語を吸い込むのだろうか？ その循環の記憶とはなんだろう？ その漂流物の半減期はどう測定すればいいのだろう？

観察によって、高波は小さな粒子へと収縮し、その一粒一粒が物語を持つ。

・へどろとがれきの山の奥深くから鳴り響く携帯電話
・旗を立てて目印をつけた遺体を取り囲んで黙祷《もくとう》する兵士たち
・母親の腕の中でむずかっている、マスクもつけていない赤ん坊の放射能をガイガー・カウンターで測定している放射能汚染防護スーツに身を包んだ医療従事者
・検査の順番がくるのを一列に並んで静かに待つ幼児たち

想像を絶するほどに膨大な数の画像のほんの一部にすぎないこれらの画像は、渦巻き、古くなり、そして循環の軌道を一周するごとに分解され、鋭く尖《とが》った断片や明るい色の破片になっていく。それらはやがてプラスチックのコンフェティのように循環の真ん中に吸い込まれ、歴史と時間のゴミベルトになる。循環の記憶とは、われわれが忘れたすべてである。（一七三―一七四）

情報を伝える媒体は、石、紙、ピクセルへと移行してきた。オゼキは「**此処より下に家を立てるな**」（一七三）と彫られた石碑──なかには六世紀以上も前の石碑──が、津波のあとにも残っていたことに触れ、電力を必要とするピクセル、あるいは火や水に弱い紙よりも、静止した石に彫られた情報のほうが長く残っていることに注目する。そして、瞬時に忘却される情報、あるいは情報を扱う人間の記憶の短さを俎上に載せ、記憶の長さと情報を伝える媒体が関連しているのではないかと考える。物理学の世界において半減期は、「ある放射性核種の数が半分に減るのに要する時間」(7)のことを指すが、半減期が約七億年とされるウラン二三五や、四五億年とされるウラン二三八とは対照的に、情報や情報を扱う人間の記憶は短い。では、忘れられた情報や記憶はどこにいってしまうのだろうか。オゼキは、太平洋の循環とゴミベルトに言及しながら、忘れられた情報と記憶の行方を探る。それぞれの物語をもつたくさんの断片的なイメージや瞬間は、漂流物が海流に乗って太平洋を循環し、次第に循環の軌道の中心へと引き寄せられていくように、「渦巻き、古くなり、そして循環の軌道を一周するごとに分解され」、「循環の真ん中に吸い込まれ」ていく。プラスチックの破片が集積した「太平洋ゴミベルト（Great Pacific Garbage Patch）」のように、記憶が集積するまさにこの場所が「歴史と時間のゴミベルト」なのである。

「循環の記憶とは、われわれが忘れたすべてである」とあるように、インターネットという循環にのって軌道の中心へと流れ込んだ情報や記憶は、人々によって忘却されていく。だが、情報や記憶が忘却されることは、それらが存在しないことと同じではない。忘れられた情報や記憶は、永遠に「生物分解され」ずに「海を漂って」いる「プラスチックのコンフェティ」のように、あるいは半永久的に地球に存在し続けるウラン二三五や二三八のように、長い間消えずに残ったままなのである(8)。

## 三　震災前の物語

前述したように、震災後に書かれたルースの物語には、放射性物質の汚染によるエコシステムへの影響に対する不安と、メディア表象に関わる情報や人間の記憶といった異なる事象が、〈循環の記憶〉によって重なり合っていく様子が描かれている。では、オゼキはこれらの震災以後の物語を、どのように震災以前の物語へと接続しているのだろうか。

まず、ナオの日記が、二〇〇一年九月一一日に発生したアメリカ同時多発テロ事件、そして第二次世界大戦におけるカミカゼ攻撃という二つの歴史的出来事に触れている点に注目してみたい。これら二つの史実は、異なる時代に異なる場所で起こった出来事であるだけでなく、思想的文化的政治的にも異なった背景を持つ。しかし一方で、〈航空機〉を用いた〈自爆〉という共通点を持っている。第一次世界大戦以降、軍用機として広く実用化されてきた航空機は、第二次世界大戦後半、大日本帝国海軍の特別攻撃隊によって利用され、二〇〇一年の同時多発テロにおいては〈自爆テロ〉の手段として利用されてきた。このように、戦争の歴史と切り離すことのできない航空機の歴史は、第二次世界大戦中に武器として発展し、後に「アトムズ・フォー・ピース（Atoms for Peace）」という名の下に促進されてきた〈核エネルギー〉の歴史とも重なる。もちろん〈航空機〉と〈核エネルギー〉は等価ではない。だが、科学技術史の系譜を辿ったとき、飛行機や原発といった人間の生活に利用されてきた科学テクノロジーが、人間も含めた自然に対する破壊的なエネルギーとして利用されてきたことを除外して考えることは難しい。オゼキは、航空機による〈自爆〉の歴史を含んだナオの日記と、原発問題に言及するルースの物語を一つの作品のなかで並置することで、〈三・一一〉以前の世界と〈三・一一〉以後の世界が、軍や戦争の恩恵を受けてきた科学技術の産物によって接続されていることを浮き彫りにしたのである。

〈九・一一〉と特攻作戦は、〈航空機〉を用いた〈自爆〉という共通点を持つだけでなく、〈自殺〉ということばで二人のハルキを結びつけてもいる。大伯父ハルキはカミカゼ特攻隊員として死に、ナオの父親であるハルキ（作品中ではハルキ②とも呼ばれる）は、シルコンバレーでの仕事を失って日本に帰国した後、未遂には終わるものの、中央線快速電車の前に飛び降りたり、薬を多量摂取したりといった自殺行為を繰り返している。そして後に、自らも命を絶つことを考えるナオは、二人の自殺を異なったものとして受け止めている。仙台にあるジコウの寺で夏休みを過ごしたナオは、大学で哲学を学び、文学を愛していた大伯父ハルキの霊と出会い、彼が任務先から母宛に送った手紙を読むことで、「命と平和を愛しながらも、祖国を守るために進んで敵の戦艦に突っ込もうとする〝戦争の英雄〟」（『あるときの物語　下』　七二）として大伯父を尊敬するようになる。一方で、家に引きこもった父親が、大伯父ハルキが所蔵していた哲学の本に名前が載っているマルティン・ハイデッガーのページを『西洋哲学の偉人たち』から切り取り、折り紙にして遊ぶのを目の当たりにしたナオは、大伯父ハルキの手紙を父親に見せながら、次のようなことばを投げつける。

ジコウおばあちゃんがくれたの。パパも読んだほうがいい。そしたら、自分自身をそんなに憐れまなくなるかもしれない。パパの伯父さんのハルキ一番は勇敢だった。戦争で闘いたくなんかなかったのに、その時が来たら、ちゃんと自分の運命と向き合ったの。ハルキ一番は海軍少尉で、本物の日本の戦士だった。カミカゼのパイロットだったけど、彼の自殺は普通の自殺とは全然ちがってた。ハルキ一番は臆病者なんかじゃなかった。祖国を守るために敵の戦艦に突っ込んだの。パパも少しはハルキ一番を見習ってよ！（七五）

この時点でナオは、自分を憐れむ「臆病者」として父親を責め、「祖国を守るために敵の戦艦に突っ込んだ」「勇敢」な大伯父とは「全然ちがって」いると嘆いている。だが、作品の後半で読者は、このナオの二人の「自殺」の評価が正確なものではないことに気づかされることとなる。

大伯父ハルキは「軍関係者に読まれたり、没収されたりする」（一七六）ことを避けるために、「表向きの手紙」の他に、フランス語で日記を書いていた。そして、この日記を「真実の日記」とし、「公の書類では書けないこと」（一七六）を書き残している。この「秘密のフランス語の日記」には、ナオが読んだ「表向き」の手紙に言及されていなかった事実——軍隊での壮絶ないじめとそれに伴う友人Kの死。中国攻撃部隊が行った大虐殺と残忍な行為の数々——が書き込まれていたのだった。また、この日記によると、中国での日本軍の残虐な行為について知った大伯父ハルキが、ナオが指摘するように「祖国を守るために敵の戦艦に突っ込んだ」（七五）のではなく、「敵」を殺すことを避けるために「飛行機を標的からそらし」ていることが分かる。「僕はずっと、この戦争がまちがっていると信じてきました。この戦争に動機を与えた資本主義者の欲望と帝国主義者の傲慢を、ずっと軽蔑してきました。そしてこの戦争の悪行を目のあたりにした今、ついに決心しました。僕は全力で、自分の飛行機を標的からそらし、海へと向かわせます」（一七六）。

興味深いことに、大伯父ハルキの「表向きの手紙」と「真実の日記」にはどちらにも、宮沢賢治の「烏の北斗七星」が言及されている。「烏の北斗七星」は、一九二一年に書かれた「カラスの戦争」についての短編である。手紙のなかで大伯父ハルキは、テスト飛行の最中に「艦隊長ガラスがさいかちの木から飛び立ち、まっしぐらに戦場へと向かう場面を思い浮かべ」て、「恍惚としながら」、「〝僕はカラスだ！〟」と思ったと綴っている（六六）。しかし、日記では、手紙のなかで自分を戦場に飛び立つカラスの大尉と見なしたことを「愚かだった」と述べ、「烏の北斗七星」のもう一つのシーン――「カラスの大尉が敵の死骸を葬り、星に祈る場面」――を思い出している。「ああ、マヂエルさま、どうか憎むことのできない敵を殺さなくてもいいようにこの世界が早くなりますように。そのためなら、私の体などなんべん引き裂かれてもかまいません」（一七〇）。カラスの大尉の「敵」を殺すことのむなしさを共有しながら、大伯父ハルキは、「敵」を殺さず自らが死ぬことを選んだのだった。

大伯父ハルキのフランス語の日記は、〈公式〉の手紙にカモフラージュされた〈非公式〉な真実であり、公の目に触れることのなかった記録・記憶でもある。そしてナオの父親も同様に、二〇〇一年九月一一日に起こったアメリカ同時多発テロ事件と、それに引き続いて起こったイラクへの軍事介入と無関係ではない〈非公式〉な物語を持っていた。ナオの日記に、「その瞬間にたまたまこの世に生きていた人間にとって、九月十一日というのは、時間の中に存在する絶対に忘れられない、とんでもない瞬間のひとつだ。誰もがその瞬間を明確に覚えている。九月十一日は時間を切り裂く鋭いナイフみたいなもので、すべてを変えてしまった」（七八）と書かれているように、〈九・一一〉はナオにとって忘れることのできない大事件であり、人生を大きく変える出来事でもあった。テレビのなかで航空機がビルに衝突していく様子はナオに大きな衝撃を与えるが、父親のハルキもまた、この映像から強い影響を受けている。東日本大震災の後、ルースがインターネットに映し出される津波や災害のイメージを何度も繰り返してみたように、航空機がワールドトレードセンターに衝突した後、ナオの父親はテレビに映し出される一つの映像に没頭する。そして、テレビからその場面が消えてしまうと、二週間かけてそのイメージをインターネットで探し出し、見続けたのだった。

その場面とは、ドン・デリーロ (Don DeLillo) の『落ちていく男』(*Falling* Man, 2007) やジョナサン・サフラン・フォア (Jonathan Safran Foer) の『ものすごくうるさくて、ありえないほど近い』(*Extremely Loud and Incredibly Close*, 2005) でも取り上げられた、ワールドトレードセンタービルから飛び降りる男――〈落ちていく男 (Falling Man)〉――のイメージである。ナオの日記は、〈落ちていく男〉と父親との関係を次のように書いている。「パパは鼻を画面から数センチのところまで近づけていて、まるで〈落ちていく男〉と会話しているみたいだった。男はまるで、空中で一瞬止まって、パパの質問の答えを考えているみたいだった」（八二）。自殺願望を持つハルキが、〈落ちていく男〉のイメージにオブセッションに近いものを抱くことは不思議ではないかもしれない。しかし、この時点でナオ（そしてルースと読者）は、父親ハルキがシリコンバレーでの仕事を失った本当の理由を知らされていない。父ハルキはシリコンバレーで、ゲーム市場のためにインターフェースを開発していた。彼が開発していたインターフェースが軍に利用されることが決定すると、爆撃任務をゲーム感覚で行える武器を作ることに懸念を示した父ハルキは、善悪の観念を備えたインターフェースのデザインを作ることを会社に提案する。しかし、軍の意図と反するこの提案は却下され、ハルキは解雇されたのだった。この事実は、ハルキの自殺行為が、自分の仕事が人を殺す武器として使われることに対しての自責と、その代替策となるべき彼の案が受け入れられなかったことに対する無念に帰していることを露呈する。後に、ルースの介入のおかげで、三回目の自殺未遂を踏みとどまったハルキは、ナオに次のように語っている。

9／11のテロが起こったとき、戦争は避けられなくなった。アメリカは長いあいだずっと準備してきたんだ。若い世代のアメリカ人パイロットたちが僕のインターフェースを使ってアフガニスタンやイラクの人々を探し出して殺す。それは僕のせいだ。そのアラブ人や彼らの家族に対して、僕は本当に申しわけない気持ちになったし、アメリカ人パイロットたちも苦しむにちがいないと思った。すぐにではないとしても。彼らが自分の任務を遂行している最中には、何もかも非現実的で、エキサイティングで、面白く感じるはずだ。なぜならそう感じるように僕らがデザインしたからだ。しかし、あとになって、おそらくは数日か数ヶ月か、もしくは数年経ってから、自分たちがしたことの現実がひしひしと感じられるようになって、苦しさと怒りで心がゆがみ、自分自身や家族に八つあたりするにちがいない。それもまた、僕のせいだ。（二六六）

父ハルキは、自分たちが開発したインターフェースによって、今後、多くのアメリカの青年がアフガニスタンやイラクの人々を攻撃することを予測し、それによって生じるアメリカやアラブの青年の死を、すべて自分の責任として捉えていた。航空機がビルに突撃し、男がビルから落ちていくイメージにハルキが没頭したのは、その死に接続するその他多くの人々の死が、自分の行為と密接に繫がっていることを意識したからにほかならない。〈九・一一〉はこのように、世界史の重大な一瞬として位置づけられる出来事であるだけでなく、自身の仕事が爆撃任務に利用されることに抵抗する父ハルキの〈非公的〉な物語の一部でもあった。

戦争をもたらす帝国主義や資本主義に対して、微力ではありながらも抵抗を示してきた二人のハルキの物語は、語られてこなかった数多の物語の存在を暗示する。二〇〇一年九月一一日に発生したアメリカ同時多発テロや、第二次世界大戦時の特攻攻撃といった歴史的出来事は、ナショナリスティックなナラティヴへと回収されがちである。しかし、こういった「正史」や記録から取り残されてきた、あるいは忘却されてきた物語は、公にならなかっただけで、存在しなかったわけではなかった。日本語の手紙に「表向き」の内容しか書けなかった大伯父ハルキは、軍の検閲を逃れるためにフランス語で日記を書いた。ナオもまた、いじめられていたクラスメートに読まれないよう、プルーストの表紙の日記に英語で自分の物語を、そして父ハルキの物語を書き記した。二人の日記がどのようにしてルースの手元に届いたのかは明らかにされていないが、少なくともルースにとって、これらの日記が存在したことは確かである。震災後、メディアに取り上げられることなく消えていったイメージや瞬間や物語のように、〈循環の記憶〉として忘却された、あるいは忘却されるはずだった二人のハルキの物語やナオの物語は、作家ルースによって「見いだされ」、掬い上げられた。震災前に書かれたナオの日記はこのように、異なる時代に日本とアメリカで起こった歴史的出来事を結びつけながら、震災以後のルースの物語へと接続していったのである。

## おわりに

オゼキはインタヴューのなかで、歴史の忘却とデジタル時代における情報の記録の問題について、次のように述べている。

私たちは戦争の歴史を忘れるし、それらすべての隠された歴史も忘れてしまう。記憶がなければ、私たちは不幸にも繰り返す運命にあるのです。そしてこのことは、アルツハイマーの問題とも十分関連しているし、また循環のメタフォー、太平洋ゴミベルト、そして忘れられたり失われたりすることとも関わりあっています。私が興味をもったのは、一種の時間的な循環としてのインターネットという考え方や、デジタルワールドにおいて時間の半減期は何であるか、物事がもはや物質的な形で書かれない世の中では何が起こるのか、私たちの情報や記録はどれほど安定しているのか、といった質問をすることなのです。（タイ　一六三）

『あるときの物語』のなかで、オゼキは、記憶の意義を問う。石を使わなくなり、紙媒体を使うことも少なくなったデジタル時代において、記憶はどのように伝えられ、どのような意味を持つのか。そして、何が残され、何が忘却されていくのか。オゼキは、震災によって確実に変化した世界を描きながらも、そのなかで失われてきた、そして忘却されてきた瞬間や物語の存在意義を肯定しようとする。こういったオゼキの試みは、震災後の多くの日本の作家たちが、〈ことば〉を失いながらも、〈ことば〉を書き続けてきた行為にも通ずる。想像し、語り、記憶することで、震災前と震災後の時の狭間で失われた、あるいは取り残されてきた瞬間や物語を掘り起こす作業は、震災後の作家たちに残された重要な仕事の一つなのかもしれない。もちろん、語られていない物語はまだ多く残されている。そしてそれらは、「プラスチックのコンフェティ」のように、〈循環の記憶〉として漂流し続けている。これらの小さな瞬間や物語の数々を掬い上げるために、オゼキはこれからも書き続けていくのだろう。

＊本稿は *AALA Journal* No.20 (2014) に掲載されている英語論文を邦訳し、加筆・修正を施したものである。本稿はまた、ＪＳＰＳ科学研究費（科研番号：25770111）の助成を受けた研究成果の一部である。

注

（1）二〇一三年一月二八日、三月一三日付の CBC News を参照。

（2）映像作家でもあるオゼキは、日本とアメリカで撮影した自伝的映像作品『分骨』(*Halving the Bones*, 1995) のなかで、日本からハワイに渡った祖母とアメリカに暮らす日本人母の物語を、ドキュメンタリーとフィクションを織り交ぜながら描いた。また、小説『イヤー・オブ・ミート』では、ファックスやテレビを媒体に日本とアメリカを繋げつつ、北米の牛肉産業のあり方に対抗する力として、人種やナショナリティを越境した女性の連帯が強調されている。さらに『オール・オーバー・クリエーション』では、組み替え遺伝子汚染に代表されるアグリビジネスに対して文化的に多様なアクティヴィズムが展開されているが、この運動の中心に置かれているのは、アジア原産の種子も含めた日本人女性モモコが保存してきた多種多様な種子である。

（3）　キモトは、これまでにもっとも重要な震災への応答を生み出した作家として、福島出身の和合亮一と古川日出男を挙げている（一四一―一五）。

（4）　高橋源一郎の小説『恋する原発』については、中野和典の「「原爆／原発小説」の修辞学」や柳瀬良治の「「平滑空間」に浮かび上がる「いまだ生まれていないもの」の声」を参照されたい。

（5）　ジコウが亡くなった後、ナオは毎年夏休みとジコウの法事が行われる三月に、仙台の寺に戻ってくることを約束する（『あるときの物語　下』　二三八）。日記のこの部分に基づいて、ジコウの寺が津波の被害にあった可能性と、そのときにナオが寺にいた可能性を推測することができる（二四五）。

（6）　翻訳では「汚染水の放射能濃度は法定限度の約百倍だが、太平洋は広大なため問題はないというのが東電の見方だった。東電は、原発近くの海でとれた海藻や魚を一年間毎日食べつづけた場合の年間被曝量の増加分は〇・六シーベルトであり、人体に影響はないと予測した。魚への影響に関する予測はなかった」（二九三）とある。訳者は「翻訳にあたっては、著者との相談の上で、原文の一部に変更が加えられた」（『あるときの物語　下』　三二一）と述べているが、本論のこの引用部分に限っては、論点の性質上、原文を直訳したことをお断りしておく。

（7）　大桃洋一郎「「半減期」について」（環境研ミニ百科 第三三号）を参照。

（8）　海洋循環に捉えられたプラスチックの半減期について、作中でオリバーは次のように述べている。「絶対に生物分解されない。海洋循環中で攪拌《かくはん》され、細かい粒子になるだけだ。海洋学者はそれを、紙吹雪《コンフェティ》と呼ぶ。粒子のまま、永遠に海を漂っている」（『あるときの物語　上』　一四三）。

# 引用・参考文献


Ebbesmeyer, Curtis and Eric Scigliano. *Flotsametrics and the Floating World: How One Man's Obsession with Runaway Sneakers and Rubber Ducks Revolutionized Ocean Science*. New York: HarperCollins, 2009.

Kimoto, Takeshi. "Post-3/11 Literature: Two Writers from Fukushima." *World Literature Today* Jan.-Feb. (2012): 14-18.

Murakami, Haruki. "Speaking as an Unrealistic Dreamer" *Asia-Pacific Journal* 9. 29: 7 (2011). Web. 30 Sep. 2013.

Oe, Kenzaburo. "History Repeats" *New Yorker* 28 March 2011. Web. 30 Sep. 2013.

Ty, Eleanor. "'A Universe of Many Worlds': An Interview with Ruth Ozeki" *MELUS* 38:3 (2013): 160-171.

Ruth L. Ozeki. *All Over Creation*. New York: Viking, 2003.

———. *A Tale for the Time Being*. Edinburgh: Canongate, 2013.

———. *My Year of Meats*. New York: Penguin, 1998.

"Japan gives Canada $1 M for Tsunami Debris Cleanup." CBC News. 13 Mar. 2013. Web. 29 Nov. 2013. <http://www.cbc.ca/news/canada/british-columbia/japan-gives-canada-1m-for-tsunami-debris-cleanup-1.1401770>

"Japanese Fishing Boat Latest Tsunami Debris to Hit B.C." CBC News. 28 Jar. 2013. Web. 29 Nov. 2013. <http://www.cbc.ca/news/canada/british-columbia/japanese-fishing-boat-latest-tsunami-debris-to-hit-b-c-1.1409053>

大桃洋一郎「「半減期」について」『環境研ミニ百科』第三三号（公益財団法人環境科学技術研究所、一九九八）Web. 29 Nov. 2013. <http://www.ies.or.jp/publicity_j/mini_hyakka/33/mini33.html>

川上弘美「神様」『群像』（二〇一一・六）一〇九—一一二。

———「神様２０１１」『群像』（二〇一一・六）一〇四—一〇八。

陣野俊史『世界史の中のフクシマ——ナガサキから世界へ』河出ブックス、二〇一一。

高橋源一郎『恋する原発』講談社、二〇一一。

――『非常時のことば―震災の後で』朝日新聞出版、二〇一二。

中野和典「「原爆／原発小説」の修辞学」『原爆文学研究』一二号（花書院、二〇一三）一一八―四九。

古川日出男『馬たちよ、それでも光は無垢で』新潮社、二〇一一。

古川日出男、重松清「牛のように、馬のように―「はじまりの言葉」としての『馬たちよ、それでも光は無垢で』をめぐって、そして「始まりの場所」としての福島／日本をめぐって」『震災とフィクションの〝距離〟』（早稲田文学会、二〇一二）一七五―二〇〇。

松永京子「汚染の言説から多様性の言説へ―ルース・L・オゼキの小説と環境正義」『エコトピアと環境正義の文学―日米より展望する広島からユッカマウンテンへ』（晃洋書房、二〇〇八）一一三―三七。

柳瀬善治「「平面空間」に浮かび上がる「いまだ生まれていないもの」の声―三・一一以後の原爆文学と原発表象をめぐる理論的覚書その2」『原爆文学研究』一二号（花書院、二〇一三）五〇―六八。

ルース・オゼキ『あるときの物語　上下』田中文訳、早川書房、二〇一四。

和合亮一『詩の礫』徳間書店、二〇一一。

# 第二部　災害と言葉と表象

# つなぐ力
## ――岩手県沿岸における復興支援活動の体験手記――

クリストファー・トムソン（小川　春美訳）

### はじめに

二〇一一年三月一一日の東日本大震災の後、その年の秋にはじめて私は岩手県の陸中海岸を訪れた。そんな私に地元の人たちが真っ先に尋ねたのは「お祭にはいらっしゃいますか」であった。その後何度かその地を訪れ二年半たつが、いつも最初にされる質問は同じだ。友達から訊かれることもあるし、見ず知らずの人から訊かれることもある。当初はその質問に唖然とし、少し不快にさえ思った。祭を楽しむなどということは私がそこにいる〈もっと重要な〉目的に比べればつまらないことに思えたからである。私は津波で発生した瓦礫を片付けたり、家を建て直したり、地元民のニーズに応えたりということが第一だと思っていたのだ。しかしすぐに私はこの質問の真意を理解した。祭や地方の民俗芸能を研究することは戦前戦後の日本の民俗学史の主流であったし、その方面の文献にも私はかなり詳しい。私がよく訪れる内陸の集落と同様に、岩手沿岸の漁村では祭に居合わせるということは深い意味を持つ。そこにいることで地域の人たちと親睦を深めることができるし、地域の人たちの世界を理解したりもできるのだ。しかし私自身がそこの祭の場にいることで沿岸地域の人々とこんなに強い信頼関係を築いたり、その地域どうしを結ぶ歴史的な関係を知ることになったりするとは思わなかった。ましてや震災以降の地域にとって大切な宝になったものについて、このように書くことになるとは考えもしなかった。

ここに書く話は一九八八年以来、文化人類学者として岩手県で活動してきた私の個人的な経験に基づくものである。岩手県立大学の仲間たちや大槌、山田、宮古などの知人たちと行った大津波後の復興支援活動を経て、三月一一日以降に陸中地域の文化を支えているものが何であるか分かった。その文化がまさに復興をすすめるうえで欠かせないものなのだ。本稿は二〇一一年と二〇一二年に行われた二度目の津波復興支援ボランティア活動の体験手記である。それは私が所属しているオハイオ大学と岩手県立大学の共同復興支援活動として行われたものであった。津波復興支援ボランティアにしても沿岸の祭に参加することもこの活動なくしてはありえなかった。

## 一　宮古への道

オハイオ大学と岩手県立大学の津波復興支援ツアーからちょうど一年たった二〇一二年の九月二一日金曜日の朝に、私は教職員や学生とともに前年度と同じ五〇人乗りのバスに定員ぎりぎりで乗り込み、岩手の太平洋岸に向かった。前年度は陸中地域の中南部にある釜石市近郊の大槌町に行った。そこには三歳から五歳の子どもたちが通う幼稚園があり、私たちは津波の生存者である園児たちに紙芝居を読み聞かせた。また、長野から現地に来ていた自然保護団体と協力し、鮭が遡上する川の瓦礫撤去も行った。ボランティア作業終了時の閉会式では、その晩に開催予定の地元の祭に招かれた。招いてくれたのは私たちが作業した地域、桜木の町内会のメンバーであったし、私自身はその招待を受け入れたく思った。しかし時間的な制約があり、祭に参加することは不可能であった。バスに私たちが乗り込んだときの町内会長さんの落胆した顔を私は決して忘れないであろう。そのときには彼女がなぜそんな顔をするのか分からなかった。それからすぐバスの車窓からすばらしい民俗芸能、獅子舞が見えて、長野から来た友人たちが興奮した。とても楽しそうに獅子舞を踊る人たちのなかには、先ほどまで一緒に汗水流して作業した地域の人たちもいたし、その中に町内会長さんも混じっていた。彼女があんなにがっかりした理由がそこで分かった。参加者たちが心から祭を楽しんでいるのが窓越しに伝わってきた。愉快そうに冗談を言い、笑いあうことができるのは、一日苦楽をともにした仲間だからこそできることで、祭に参加していない私たちはその喜びを共有できなかった。祭を横目で見ながら、町を去るバスに乗った私たちが、今度は落胆の表情を見せる番だった。

思い返すと、大槌で祭のために時間をとらなかったのは明らかに失敗であった。次の日に岩手県立大学で教鞭をとる友人のA教授にこの話をしたところ、彼は同情した様子で微笑みながら、きっと楽しい経験になったはずであったろうと言った。これをきっかけとして、地元の指導者たちと信頼関係を築き、将来の訪問に備えることもできただろうということも彼は強調した。何よりもそれを地元民たちが望んでいるのだと言う。「また来てほしいと思っているでしょうね。それが陸中流儀というものですから」とA教授は言う。祭には指導者たちも参加しているので、桜木町や大槌町で大事にされているものを知っているのだそうだ。「地域の指導者たちはいつも祭に関わっています。沿岸地域ではなおさらのことです」とA教授は私に念を押した。「その指導者たちが民俗芸能の担い手であったりするし、そうでなくても必要な道具などを準備したり、祭を見たりしています。そうして集まって話をしているんです」。それを聞いて私の疑いはそこで確かなものとなった。私は好機を逃したのだ。三・一一の津波復興支援に東北以外のところから集まった人たちは善意をもっていても、地域の人たちにとって大切なものをあまり分かっていないと批判されていた(1)ことも思い出したが、もうすでに遅かった。

バスが盛岡から太平洋岸に向かい、国道一〇六号線を下って深い森の中を通りながら東に進むにつれ、A教授や陸中文化を知る人たちとの会話が私の頭の中でこだましていた。今年は最初に宮古市（大槌町の北に位置する）という港町に向かった。岩手県立大学の学生リーダーが「心のケア」と呼んでいる活動をするためだ。この社会福祉学専攻の学生リーダーが説明したところによると、瓦礫の処理はもはや専門家の手に任せるのがよい時期に来ているということだった。今回私たちに依頼された支援活動の内容は、三・一一の生存者、特に子どもやお年寄りと会うことであった。市内の何百世帯という仮設住宅に生存者たちは暮らしていた。その日の私たちの活動内容は子どもたちの相手をすることだった。その日は土曜日だったので学校もなかったし、子どもたちを元気づけるために何か面白いことをするのだ。また、高齢者たちも週末のみならず平日も時間を持て余しているので、私たちに会いたいということだった。私たちは田老地区にある「グリーンピア三陸みやこ」に宿泊することになっていた。田老の郊外にあるリゾート宿泊施設だが、その時期そこは津波の生存者の仮設住宅としても使われていた。また、私たちのような団体が入浴や洗濯施設を利用することによって、その営業を支援できるのだった。さらに私たちには数ヘクタールに及ぶ菜の花畑での仕事が待っていた。三・一一の大津波が襲ったあとに残された荒地を、菜の花で美しくよみがえらせようとする企画だ。最後に学生リーダーが、再び私たちが大槌の秋の祭に招待されたということを伝えた。前年にボランティア活動をした上町と桜木町で開かれるお祭だった。「お祭に招待されるのは名誉なことです。特に今年は」と彼は言ったが、理由は説明しなかった。「地域の皆さんは私たちがここに戻ってきたということを喜んでいらっしゃるんです。地域の文化を私たちと共有できるのですから。去年は獅子舞までいられなかったのですよね」。A教授の話を思い出した。桜木町の住民と知り合い、地域の民俗芸能を知るチャンスがまためぐってきた。今度はこのチャンスを最大限に活かしたかった。

学生リーダーの声から彼の熱意が伝わってきて、私はここ数年自分がやってきた陸中沿岸の祭の研究について考えた。この長い海岸線には砂浜と断崖が交互に見られ、ところどころに漁村がある。北は洋野町（岩手県と青森県の県境）から、南は大船渡市と陸前高田市（宮城県に隣接する岩手の最南端）まで続いているが、かなり孤立した場所だ。起伏の激しい地形で山や深い峡谷が多く道路も少ないので、三・一一のあとは内陸の市町村からの支援が滞った。ここでは国道一〇六号線だけが宮古に直通する道路であるし、海岸線を北へ行くにも南へ行くにも、宮古からしかないのだ。近代化された二車線の道路で盛岡から宮古に行くだけでも、たっぷり車で二時間はかかる。沿岸まで行ってしまえば、三陸鉄道というい交通手段があったが、三・一一の津波で流されてしまった線路はいまだに復旧していない箇所もあった。実際に行ってみると、そこがいかに地理的に隔離された場所なのか分かるし、なぜ地元の人たちが陸中沿岸には独自の文化があると言うのかが見えてくる。

宮古は岩手の太平洋岸にある主要な四つの港町の一つであり、久慈と大船渡のほぼ中間に位置している。この沖合は世界有数の漁場として知られていて、サケやサンマが豊富に獲れる。しかし陸中沿岸の漁業はつねに国内外競争が激しく、ここ六〇年ほどは一定の漁獲量を確保することはかなり難しくなってきていて、その結果年によって収益率はまちまちだ。そのため昔からこの地域では県の平均よりも個人の収入と有効求人倍率が格段に低いのだ。津波の襲来により、こういったマイナス面がますます深刻化したこの地域は戦後ずっと不景気や、雇用、過疎化などに悩まされてきた。[2]

## 二　陸中海岸における祭

戦前、戦後の日本の祭文化について書かれた文献は多くある。[3] 現代の日本の都市や町では祭というものは公のフェスティバルや祝い事とされているが、必ずしもそれが伝統的なテーマに基づいて行われているわけではない。都会にしろ田舎にしろ、ほとんどの地域には何らかの祭がある。その地域の神社で祀られているご神体をお神輿に移したり、山車をひいたり、踊りを踊ったり、そんなことをするのが、日本での典型的な祭である。東北には有名な夏祭りがある。青森のねぶた祭りや、秋田の竿灯祭り、山形の花笠祭りや盛岡のさんさ祭りなどがあるが、すべて八月に開催される。しかしこれらは陸中の人たちが意味するところの祭ではない。日本の多くの地域で行われる祭はそんなに大げさなものではない。いろんなやり方があるし、たいてい規模も小さい。祭に関する文献は少なく、英語で書かれたものはなおさら少ない。こういった陸中海岸や日本の過疎地域に見られるような祭はその地域でしか知られていないし、記録もその地域にしか残されていない。(4)

岩手の沿岸の人が「お祭に来ますか」と尋ねるときは「外部の人たちは知らないだろうけれども」という意味が含まれていて、それはおそらく民俗芸能への招待である。しかもそれを言ったその人の地域で行われるものであろう。先にも述べた桜木町の神社で行われるような祭は、たまたまそこにいたから祭があるということが分かったようなものの、宣伝はされていないようなものである。こういった祭は民俗芸能を意味し、音楽や踊り、演劇など地元民が地元民のために行うアマチュアによるものである。陸中海岸ではこういった民俗芸能は年間を通して神社や寺院や公民館で行われ、時には地元の守護神が祀られているような場所で商業的な目的で行われることもあるし、公共の場所や宗教と無関係の場所で行われることもある。個別で行うこともあれば、他の地元のグループと行うこともあるし、様々な形式をとる。会場や目的のいかんに関わらず、祭の担い手にとっても地元の観衆にとっても、民俗芸能は価値観や、伝統、歴史で彼らだけが知り、共有しているものを実演し、再確認する場所なのだ。その場にいることでパフォーマーたちを支えることができるし、その場所や、地域の指導者、または土地の守護神とさえ、つながりを作ることもできる。(5)

三・一一でこの地域の過疎化や高齢化が進み、社会経済が低迷したこともあり、民俗芸能は今まで以上に価値を増してきた。

岩手の民俗学者の根子英郎によると、三・一一の後、陸中海岸の人々は地元の文化を、外部の人たちや団体と共有したいと強く願うようになってきたようだ。祭、特にその中核となる地方特有の民俗芸能によって、地域が誇る沿岸の生活文化を国内や世界に発信できるからだ。そして、いまだに続く津波や地震、余震、そして時には高レベルになる放射線量には負けていないことを伝えることができるのだと根子は言う。ここで受け継がれている伝統はこの地域に育ち、住んでいる人たちだけが習い覚えることができるものだから、その特別な知識や体験が価値を持つのだ。彼らが多くを失った後であればなおさらである。外から来た人や団体とこういった伝統文化を分かち合うことによって、お互いの流儀を理解し、深い信頼関係や絆を築くのだ。根子はこのような力が三・一一後には特に重要だと言う。なぜなら陸中沿岸の人たちは災害復興支援担当の役人や機関は、地域の文化や地域で必要としている支援について理解していない、またはしようともしていないと感じているからだ。今でさえ、多くの支援計画が彼らの声を聞くことなしに用意され、スケジュールも地元の都合はお構いなしにどんどん決まってしまうと思っているのだ。こういったことをされると、自分たちが無知で無力であり、自分たちの復興に関して、詳細は何も決められないと思われているように感じてしまう。土地の民俗芸能に復興支援担当の役人が参加することにより、この問題は乗り越えられる。陸中の人々はそうやって自分たちなりに意味のある方法で前に進み、自分たちのやり方で土地の伝統を外部の人と分かち合うことができるからだ。少なくとも今は、陸中海岸の多くの人はそういった場所で自分たちを見てもらうのが心地いいのだと根子は言う(6)。

地理的に隔離されていることもあり、現代においても陸中海岸には素晴らしい民俗芸能が受け継がれている。虎舞や、獅子舞、鬼剣舞などはよく見られる。また、鹿踊、手踊りなど他にも多くの踊りがあり、その土地の農業や漁業に関連した民俗芸能がある。面白いことにこういった民俗芸能は地域の人々に受け継がれていても、外部には知られていない。人気もあり、プロとしても活躍している地元の人や、特殊な技能を持った人たちを指導者として、資金援助してくれる団体を確保し、町の外からもパフォーマーを募るといったような活動をさかんに行っているグループもある。こういったことで地域の社会的、政治的、経済的なつながりは寺、神社や家族、近所、村落の境を越えて、極めて強くなる。このようなつながりは陸中の民俗芸能コミュニティー、文化的伝統とそれに伴う生活様式に支えられ、守られてきた。これをもっと津波の復興支援に有効活用すべきだと感じている人たちはたくさんいる(7)。市や教育委員会などの指導者はもっと陸中の民俗芸能を積極的に使うべきなのだ。そうすると人々の一体感や団結力が強まるだけでなく、若干の経済効果もあるだろう。県や国、公私の機関による大規模な対策が計画され、施行されるのを待つ間にも民俗芸能を活用すればいいのだ。

## 三　地元の文化財を活用した地域開発

日本の地域開発に関する文献や地方の社会学に詳しい学者たちの間でよく知られていることだ

が、岩手の人たちは昔から、自分たちの地域を経済的に発展させるための工夫を凝らしてきた。その工夫とは地域のネットワークを使い、外部から関心を集めるということである。そうすることにより、地元の祭で収益をあげるなどの経済的効果も期待できる。また、地元の指導者たちがその地域の文化的資本を使い、外部の消費者との間に経済的関係を直接築こうとすることもある。市町村や県、または国に頼っていると、なかなかその手の話は進まないこともあるからだ。[8]

岩手のコミュニティーではこういった方法を取り入れているところがいくつかある。内陸部では平泉（中尊寺や毛越寺などを含む世界遺産）や遠野（柳田国男で有名）がそれぞれの文化財を利用して、大規模な経済的発展を試みたことは有名である。岩手の沿岸について書かれた文献では、故ジャクソン・ベイリーによるものがある。[9]それには田野畑村（宮古のすぐ北）の早野仙平村長が戦後、地元のインフラ開発や国際理解教育、企業支援のための資金を岩手県には頼らず、公共や民間セクター、また早稲田大学の友人（ベイリー自身の）など、東京で自分が築いた人間関係を通して獲得したことが書かれている。早野は陸中の文化や生活、また田野畑村の経済発展に興味を持っていた個人や団体と直接やり取りしたのだ。

内陸にある東和町でもまた、一九八〇年代、九〇年代に独自のアイデアを実践していた。早野に啓発され、小原秀夫町長もふるさと創生運動と地方交付税などの国家資金を活用し、東和町とよばれている日本の他の三つの町と協力して、東和東京オフィスを開き、地元で採れた農産物を直接東京都心の消費者に提供するということを行った。[10]その結果、川崎（東京の近郊）に「アンテナショップ」ができて、その中にある食料品店で岩手の東和の農産物が売られたり、レストランで東和の郷土料理が出されたり、集会所で東和の工芸品を宣伝する教室が開催されたりした。また東和町役場と地元の関係者が協力して定期的に東和へのツアーが企画、実行された[11]。またもっと小規模なものではあるが、宮古でも似たような試みがなされたことがある。一九八〇年代に沖縄の宮古島市で饅頭の生産と販売を共同で行うというものであった。他に現実的な選択肢もないので、岩手の宮古でも文化資産を再度使うべきだと考える人が陸中には増えてきている[12]。

陸中沿岸のような過疎地の住民たちが、経済発展のためにどのように地域の文化資産や社会的ネットワークを活用しているかということは、日本の行政による地域開発に詳しい研究者によって、長い間、研究対象とされていた。地元学や地域研究のような学問は、一九八〇年代から一九九〇年代に全国の役場などの社会教育課や生涯教育課の中で認められ始め、今も支持されている[13]。愛知県の山間にある足助村が地元の専門家の知識や人間関係を駆使して足助屋敷を創り、経済発展を成し遂げたことはよく知られている。この自作主演の手法は地元の資産が価値のあるものとして認識されたら、それをもとに経済発展計画をたてるものである。このやり方は宮古が置かれている苦境を乗り越えるために有効である。

## 四　宮古と黒森神楽

我々は午後早くに宮古（人口五八〇〇〇人）に着いた。最初に行ったのは岩手県立大学宮古短期大学部であった。歓迎のあいさつでB教授は宮古の復興状況について率直に語った。

宮古の人たちは今のところあまり希望を持っていません。雇用と住宅、この二点が一番の問題です。市は公営住宅ができるのはまだ三年から五年先のことだと言っています。買える高台に自分で家を建てたいと思っていても、その土地が整備されるまで、五年以上待たなければいけないかもしれません。市は新しい雇用を創出するのに、どれぐらいかかるか分からないと言っています。雇用にしても住宅にしてもそんなに長く待てません。インフラがいまだに回復していないのだから、雇用なんてほとんどありません。仕事もなく、住む場所もなく、気力を保つことができなければ、若者やその家族はこの土地を離れてしまい、残されるのは高齢者だけになります。しかし、高齢者は歴史を知っています。この町や地域には使える伝統文化がたくさん残っています。高齢者はこれを資産化する手助けをしてくれるでしょう。地元の祭や民俗芸能を本格的に復興させなければなりません。それには若い力も必要になるし、地域組織もできてきます。アイデンティティーの再確認にもなり、また小規模かもしれませんが、経済的効果も期待できるでしょう。伝統文化が今我々に残された唯一の資産なのです。[14]

陸中の人々が津波の被害から立ち直るのに、地元の民俗芸能が重要な資産としての役割を果たすという考えはA教授の考えと一致する。[15] 今までも天災が起こるたびに陸中の人々は自分たちの伝統文化を用いてきた。哀悼の意を表現したり、啓示を得ようとしたり、安全祈願をしたりしてきたのだ。[16] ここは過去一〇〇年の間に三度も津波の被害を経験してきた。その地域の資源を必要としているコミュニティーとそれを分かち合うことにより、人間関係が築かれ、それがあるからこそ陸中沿岸の民間伝承は受け継がれてきた。この物々交換に基づいたシステムは今日ではそれほどうまくはいかないだろうが、これは自作主演の可能性を秘めた文化資産である。岩手の沿岸北部にあたる宮古を含めたこの地域には、まだそのような伝統があり、その中核となるのが黒森神楽である。黒森神楽の伝統の素晴らしさについて、ここで述べるのはスペースの都合上不可能であるが、二〇〇六年に国の指定文化財に指定されたこの黒森神楽が復興に役立っていることは次に挙げる例からも分かるであろう。

三・一一のたった三ヵ月半後の二〇一一年六月二五日に、黒森神楽が供養のために演じられた。まだ瓦礫の山でいっぱいだったその時期に被災地で演じられた神楽は、陸中の人たちにとって大きな意味を持つものであった。それは宮古市田老地区の「グリーンピア三陸みやこ」で行われたが、そこは付近で一番高い津波が到達したところでもあり、仮設住宅の数がもっとも多いところである。神楽衆の中で亡くなった人はいなかったが、家族や仕事、家を失った人は多くいた。それでも文化的指導者としての役割を果たし、彼らは舞ったのだ。そのことは長く人々の心に刻まれるであろう。[17]

復興支援に詳しい専門家たちが、黒森神楽が持つ素晴らしい文化資産をもっと活用できるのだと考えるのはこういった経緯があったからである。黒森神楽は地域の復興を促し、経済的、政治的、さらに文化的に地域を発展させるのに有効だからだ。国際交流基金はこの文化資産を国際的に活用する可能性をいち早く見抜いており、六月二五日の宮古での供養の舞の後、この一行を文化大使として二〇一一年の一〇月にモスクワに送った。そこで一行は震災直後に寄せられたロシアからの経済的支援に感謝の念を示すため、神楽の公演を数回行った。[18] 一年後にはニューヨーク市の日本協会でも一連の公演が行われた。[19] 宮古市教育委員会の仮屋雄一郎氏は次のように述べている。

民俗文化のファンや、陸中の農業や漁業に関連した歴史や生活様式に関心のある人なら、陸中沿岸の民俗芸能である黒森神楽の儀式や慣習に魅せられるだろう。しかし、三・一一の時まで地域外の日本人の多くはその存在すら知らなかったし、いまだにあまり知られていない。地元の住民を支えるために民俗芸能というものがあるのだから、今こそ黒森神楽を進んで経済発展のために活用するべきだ。黒森の伝統のいろんな側面に感銘を受けるのは、民間宗教の研究者たちだけではない。国内、ひょっとしたら海外の一般人も感動するだろう[20]。

## 五　災い転じて福となす

陸中沿岸での二日間、オハイオ大学と岩手県立大学の復興支援チームは恐ろしい津波の体験談を聞いたり、仮設住宅をまわったりした。仮設住宅はかろうじて津波が届かない程度の高台の上や、海から離れたテニスコートや学校の敷地内にあった。それから四時間続けて高齢者と工作したり、カラオケをしたり、小中学生の宿題の手伝いをしたり、サッカーをしたりした。どこに行っても二つの質問をされた。「また来るのか」ということと「お祭は見に行くのか」ということだ。どちらの質問にも我々は「イエス」と答えた。

日曜日の午前中は大槌町の菜の花プロジェクトの代表である金山文造さんと奥さん、そして彼の仲間が手入れをする菜の花畑の雑草とりの手伝いをした。その畑は数ヘクタールの大きさで、大槌の中心を流れる川の河川敷にある。以前そこは稲田だったが、津波の塩害で米を作ることはできなくなった。文造さんの仲間の一人が被っている山口地区のてぬぐいにどうしても私の目がいった。

彼女は黒森神楽保存会のメンバーで、ここの畑にまかれた菜の花の種には神楽衆からの寄付のものもあったと教えてくれた。文造さんと奥さんが育てたこの菜の花は、黄色い美しい花を咲かせるだけではなく、土壌の脱塩にも役立ち、バイオディーゼルとして活用することもできるという。「この花から油をとって、バスを走らせる。将来はこの町をバイオタウンとして復活させる。災い転じて福となすだ」と元トラックの運転手である文造さんは語った。【図一】

日曜日の午前中の最終活動として、城山という大槌の高台に行った。ガイドを務めてくれたのは大槌町社会福祉協議会ボランティアセンターの若い男性だ。彼は町全体を見渡せる城山中央公民館のとなりにある小さい公園に我々を案内してくれたが、そこは三・一一の大津波のときに桜木町の住民が避難したと

【図一】オハイオ大学と岩手県立大学の震災復興支援活動参加者と金山文造氏「菜の花プロジェクト」の様子　2012年9月　岩手県大槌町　筆者撮影

【図二】城山から眺める眼下に広がる被災後の大槌町　2012年9月　筆者撮影

ころであった。皮肉にも、そこは墓地を見下ろせる場所にあった。津波に流された町全体を遠くに見ながら、近くに墓地があるのも不気味な感じがした。あちこちにまだ瓦礫の山が見られた。町長が職員に避難するようにいいながら自ら流されてしまった大槌町の元役場を指差しながら、その近隣の住民は防波堤で津波が見えなかったので亡くなったのだ、とガイドの青年は教えてくれた。【図二】

ガイドの青年は言った。「皆さんの心にどうかとどめておいてほしい教訓ですが、危険を感じたらすぐ逃げることです。どうか大槌のことを思うときはそれを思い出してください」。

## 六　大槌まつり

午後一時ごろになった。大槌の町を見下ろしながら、感動的な間のあとにガイドは言った。「今年の大槌でのお祭はこの下で行われますよ。今の町の中心で行われる最後の秋祭です。新しい町の中心はもっと高いところに作られますからね。今日を最後にこれからのお祭は新しい町の中心地で行われるんです」。我々は町から数百メートル離れた高台にいたが、下の通りをよく見ると、色とりどりの法被や浴衣、民俗芸能の衣装などを着た人たちや夏らしい装いの人たちがパレードに備えて並んでいた。大規模の祭のようなパワーも感じられたが、温かくアットホームな雰囲気もあった。何十人も同じ衣装を着ているのではなく、海沿いの小さな地域から幾つものグループがそれぞれの衣装や装飾品を身につけ集まって並び、お祭の中心地に向かおうとしていた。あいにく雨が降り出してきたが、それを気にも留めず、雨具を取り出し、道具にもプラスチックのカバーをかけて、祭りに参加する人たちはそのまま旧中心街へと向かった。近くから見ると、祭はさらに素晴らしかった。我々のガイドは城山を降りて、かつて大槌のメインストリートだった場所に案内してくれた。瓦礫はほぼ片付けられていたが、道には礎石だけが残っていた。何もない区画には、亡くなった人の供養のために、ビンやカンなどに近くの山からとって来た花が供えられていた。【図三】

どの地区からも山車や神輿、民俗芸能の演舞が出されていた。数えたら一八グループあり、それぞれがカラフルな法被やもんぺを身につけて、地域の指導者と思われる人たちに導かれ舞台に進み、合図とともに演舞を始めていた。獅子舞や鹿踊り、鬼踊りなど、それぞれが自分たちの演目を

【図三】秋祭りの日、被災跡に供えられた供物
岩手県大槌町　2012 年 9 月　筆者撮影

披露しているところに地元の人たちが集まって、音楽のリズムに合わせて囃したてていた。太鼓、うた、笛、複雑な動きの踊りなどで構成されるいろいろな種類の演目があった。「おーお、お、お、お！」というかけ声があがった。そこには大槌の強靭な精神が表れていた。【図四、五】

　祭の参加者たちは私たちがそこにいることを嬉しく思っているようだった。そこで私が気がついたのは、多くのグループが真新しい道具を使っていることと、年若い踊り手が年配の人たちと一緒に舞台の周りに立っていたことだ。車椅子に座っている人もいた。一シーズン使われたと思われる神輿は一つしかなく、あとは廃材を使って最近作られたようなもので、通常の半分、または三分の一位の大きさであった。雨が強くなるにつれて、踊りやうたも激しさを増してきたようであった。各出し物の終わりが来るとそのグループが去り、次のグループが集まりパフォーマンスをする。去ったグループはそのまま新しい町まで進んでいく。

　まだメンバーが行方不明のグループもあった。大槌は漁業中心の町なので、民俗芸能の達人たちは津波の時は港にいた。先に亡くなったと聞いていた四〇人の中にはそういった民俗芸能の達人も少なからず含まれていたという。一時間半出しものが続く間、祭は楽しいかとか、土地の民俗芸能

をどう思うかなどということを何人にも聞かれた。それで私は何度も「感動させられてます」と答えた。そしてそのお返しとして眩しい笑顔を向けられた。この体験を今振り返ってみても言えることだが、その日の午後人混みの中にみなぎっていた力強いエネルギーに、私は真に心を揺さぶられた。そう感じたのは私だけではないはずだ。地元の人たちが古い祭の場に別れを告げて、新しい道具や舞手とともに新しい祭の場所に移って行くのを見るのは本当に感動的だった。

【図四】秋祭りの日に披露された虎舞　岩手県大槌町　2012 年 9 月　筆者撮影

【図五】地元のグループによる手踊り　岩手県大槌町　2012 年 9 月　筆者撮影

## 七　沿岸への思いをこめて

オハイオ大学と岩手県立大学の二年目の共同復興支援活動を終えた翌日の反省会で、私は県立大学の仲間に今年の活動は成功だったかと尋ねた。「それは成功をどう定義づけるかによりますね」と彼女は深く考えるような表情をして言った。「沿岸の津波の被災者の方々に必要なのは家、仕事、そして希望です。結局のところ官民の大きな機関から派遣されてくる特別な訓練を受けた人たちだけが、最初の二つを与えられます。今私たちは、家や仕事のことで支援はできませんが、希望を届けることはできると思います」と彼女は言った。我々の二日半の仕事で津波の被害者の痛みを和らげることはできないと彼女は考える。けれども「私たちが気にかけているということを伝えることはできましたね。何より私たちにとって、一番良かったんじゃないでしょうか。二つの国から集まった人たちが一緒になって仕事をして、仲良くなったんだから」と彼女は言った。それから次のように語った。

地元の人たちは岩手県立大学のビブスをみんながつけているのを見たでしょう。これは地元の人たちにとっては意味のあることだったと思います。岩手の大学が外国の方々と一緒に津波復興のボランティアに参加しているというのは、被災地に何らかの希望を与えるものだったと思います。みんな何かの役に立とうとしているし、そうしたいと思っているのですから。けれどもこの二日半の間に我々がしたことだけでは十分ではないのです。同じ場所を何度も訪れて、地域の人たちと何かしながら、有意義な時間を過ごし、地元の文化に関心を示すことを地元の人たちは喜びます。少なくとも短期間はそうだと思います。けれども私たちのしていることで、地元の人たちの痛みが消えることはありません。私たちはそこに戻って行くことしかできないのです。もしかしたら、次は大槌のお祭に参加したらいいかもしれません。お祭の衣装をつけて、踊りを習うとか何かしたら喜ぶと思います。そういった形で希望を届け続けられたらいいですね。今のように先が見えない時は、気にかけているということを示すことがとても効果的です[21]。

その数日後、私は宮古に戻りオハイオ大学と岩手県立大学の週末ボランティアの一環としてインタヴューを行った。仮屋雄一郎氏は「先生と先生の学生が大槌のお祭に参加したと聞きましたよ」と言った。私は文化人類学者の同僚に、黒森神楽保存会の会長でもある仮屋氏に紹介されたのであった。仮屋氏は次のように言った。

これは非常にいいことですよ。あなたは宮古の人たちや私の信頼を得ましたからね。陸中沿岸には二度来られたわけですし、次もくる予定があるわけでしょう。あなたはここの子供達や高齢者と活動なさったし、大槌のお祭にも参加されたので、もうあなたとは知り合いになったように感じています。この土地の伝統を本気で学びたいと思っていることが分かりました。あなたにとっても我々にとっても新しい世界の扉が開いたわけです。宮古は大変な状況ですが、我々の伝統文化は未来への鍵になると信じています。津波にやられたからといって、伝統を捨てるわけじゃありません。伝統が被災した痛みを乗り越える支えになってくれるんです。こんなふうに人とのつながりを見いだすことが我々にとっては最優先です。またお会いできるのを楽しみにしています[22]。

## おわりに

二度目の沿岸への旅を経て、三・一一の大津波を被災者の視点で理解するうえで重要な事が分かってきた。

一点目は沿岸の人たちが地元の祭に心から愛着を感じていることだ。多くの日本人にとって、土地の伝統文化は特別な意味を持っているし、ましてや陸中沿岸の津波生存者にとってはなおさらである。しかし、我々のように復興支援に行く人たちはあまりその重要さを分かっていない。

二点目は、津波の生存者たちは外部の人やグループと長期的な関係を築くことをとても重要だと思っているということだ。こういった関係は土地の人々にとっても外部の人たちにとっても、いろいろな意味で可能性を秘めている。さらに外部の人たちがそこに一度だけ行くより、何度か行くことも歓迎されている。沿岸に戻り、そこで関わりを持つことによって、沿岸の人たちが自分たちは忘れられていないと感じることができる。そのことを外部の人たちはもっと知る必要がある。それはとても感謝されるし、また希望によって癒しをもたらすということにつながっていく。こういったことは心のケアに欠かせないものなのだ。

三点目に挙げるのは、沿岸の人たちの長期的、短期的両方のニーズのバランスをとるということである。官公庁やその他の公共団体、民間セクターの支援機関が住宅問題や雇用問題など大規模な問題に取り組んでいるが、そういった問題の解決には時間がかかる。それを待つ間にも、沿岸の人たちは地元の伝統を外部の人たちと共有したいと思っているし、もっと草の根レベルでの活動をしたいと願っている。岩手の市町村で何年間も功を奏してきた自作主演型事業を沿岸でも試してみるといいのかもしれない。陸中の伝統文化に詳しい専門家や民俗芸能の担い手のあいだでは、黒森神楽はこういった地域発展の試みの候補に真っ先に挙がる。一般向けの優先事項と現実的な宮古の社会経済危機のバランスをとることは、大きな課題であろう。

　最後になるが、陸中沿岸の民俗芸能が復興に果たす全体的な役割や価値は、県や国、民間セクターの復興計画の中でもっと考慮されなければならない。地元の人たちが言うように、これは地元の重要な資産であるのに、それが十分に活用されていないのだ。地元の祭の伝統、特に黒森神楽の役割や関連する民間信仰などをさらに詳しく研究することで、ヒントが得られるかもしれない。文化資産を活用するというアイデアは、現在大規模な復興事業を立案している人たちにとっては、優先事項ではないかもしれない。しかし地元の人たちにすれば、未来は過去の成功事例を今に採り入れたり、改革したりしていくことで築いていけるのである。次の仮屋氏の言葉を借りて、この手記を締めくくりたい。「伝統芸能は心のこもったものであり、人々をつなげる力があることを、黒森神楽が教えてくれたと思っている[23]」。

注

（1）Okada, Hiroki. "An Anthropological Examination of Differences between the Great East Japan Earthquake and the Great Hanshin Earthquake." *Asian Anthropology*. 11 (2012): 55-63.

（2）Bailey, Jackson H. *Ordinary People, Extraordinary Lives: Political and Economic Change in a Tōhoku Village*. Honolulu: U of Hawaii, 1991. を参照のこと。

（3）この点については以下の資料を参照されたい。Ashkenazi, Michael. *Matsuri: Festivals of a Japanese*. Honolulu: U of Hawaii P, 1993. Robertson, Jennifer. *Newcomer: Making and Remaking a Japanese City*. Berkeley: U of California P. 1991. 柳田国男『遠野物語』日本近代文学館 一九一〇、柳田国男『日本の祭り』弘文堂　一九四六、宮本常一『忘れられた日本人』岩波文庫　一九八四。

（4）Thornbury, Barbara. *The Folk Performing Arts: Traditional Culture in Contemporary Japan*. Albany: State University of New York Press. 1997. を参照のこと。

（5）Thornbury, Barbara. *The Folk Performing Arts: Traditional Culture in Contemporary Japan*. Albany: State University of New York Press. 1997. を参照のこと。

（6）筆者が二〇一三年四月一七日に岩手県花巻市において根子英郎氏に行ったインタヴューの記録から。

（7）筆者が仮屋雄一郎氏、根子英郎氏に行ったインタヴューとB教授の講演の内容をまとめたもの。講演は二〇一二年九月二一日に岩手県宮古市において行われた。仮屋雄一郎氏へのインタヴューは二〇一二年四月二五日と二〇一三年四月一五日に岩手県宮古市で行った。根子英郎氏へのインタヴューは二〇一二年四月一七日に岩手県花巻市で行った。

（8）日本の地方では外部の者がその土地の人や文化に紹介され、その両方への関心を高める。地域のネットワークが内部の考え方を外部の人たちに教えるために使われる。その体験の質の高さや地元の人の誠意に感銘を受けた外部の者が、今度は自分の地域のネットワークとその人たちをつなぐ。こういったやりかたでなければ、地元の文化資産を売り込むことはできないのだ。

（9）Bailey, Jackson H. *Ordinary People, Extraordinary Lives: Political and Economic Change in a Tōhoku Village*. Honolulu: U of Hawaii P, 1991. を参照のこと。

（10）ここでいう東和（とうわ）は宮城県、福島県、山口県のものである。

（11）Thompson, Christopher. "The Ochiai Deer Dance: Traditional Dance in a Modern World." *The Journal of*

*Popular Culture*, 38(2004). 129-148. を参照のこと。

（12）筆者が仮屋雄一郎氏、根子英郎氏に行ったインタヴューとB教授の講演の内容をまとめたもの。講演は二〇一二年九月二一日に岩手県宮古市において行われた。仮屋雄一郎氏へのインタヴューは二〇一二年四月二五日と二〇一三年四月一五日に岩手県宮古市で行った。根子英郎氏へのインタヴューは二〇一二年四月一七日に岩手県花巻市で行った。

（13）この点については以下の資料を参照されたい。岡本包治編著『生涯学習のまちづくりノウハウ』ぎょうせい、一九八九、三〇─四一。結城登美雄「わが地元学」『増刊現代農業』第五二号、二〇〇一、一四─一二三。吉本哲郎『地域から変わる日本　地元学とは何か』農文協、二〇〇一・五、一九四─一九九。

（14）B教授の当日の講演のテープおこしからの抜粋（岩手県宮古市　二〇一二年九月二一日）。

（15）筆者が二〇一三年四月に岩手県盛岡市においてA教授に行ったインタヴューの記録から。

（16）この点については以下の資料を参照されたい。Hayashi, Isao. “Folk Performing Art in the Aftermath of the Great East Japan Earthquake.” *Asian Anthropology*. 11 (2012): 75-87. 神田より子『黒森神楽～その巡行と儀礼～』ＤＶＤ　岩手県宮古市教育委員会企画・製作、二〇〇八。

（17）筆者が二〇一二年四月に岩手県宮古市において仮屋雄一郎氏に行ったインタヴューの記録から。

（18）Kitagawa, Yoko. “The Kuromori Kagura Premiers in Moscow, Sending a Message of Recovery.” *The Wochi Kochi Magazine*. Web. 15 Oct. 2014. < http://www.wochikochi.jp/english/> を参照のこと。

（19）Kourlas, Gia. “With Each Step and Note, a Japanese Tradition Lives On.” *The New York Times*. 28, October, 2012. Web. 15 Oct. 2014. <http://mobile.nytimes.com/2012/10/29/arts/dance/kuromori-kagura-at-japan-society.html?from=arts.dance> を参照のこと。

（20）筆者が二〇一三年四月一七日に岩手県花巻市において根子英郎氏に行ったインタヴューの記録から。

（21）筆者が二〇一二年四月二三日に岩手県宮古市において佐々木桂子氏に行ったインタヴューの記録から。

（22）筆者が二〇一二年四月二五日に岩手県宮古市において仮屋雄一郎氏に行ったインタヴューの記録か

ら。

（23）仮屋雄一郎『黒森神楽』宮古市教育委員会、二〇〇八、一七〇を参照のこと。

## 引用・参考文献


Ashkenazi, Michael. *Matsuri: Festivals of a Japanese*. Honolulu: U of Hawaii P, 1993.

Bailey, Jackson H. *Ordinary People, Extraordinary Lives: Political and Economic Change in a Tōhoku Village*. Honolulu: U of Hawaii P, 1991.

Hayashi, Isao. "Folk Performing Art in the Aftermath of the Great East Japan Earthquake." *Asian Anthropology*. 11 (2012): 75-87.

Iwate Prefecture Bureau of Reconstruction (IPBR). *Iwate Prefecture Great East Japan Earthquake and Tsunami Reconstruction Plan: Basic Reconstruction Plan*. Iwate Prefectural Office, Iwate Prefecture, Japan. August. (2011): 36, 64. Web. 15 Oct. 2014. <http://www2.pref.iwate.jp/~hp0212/fukkou_net/fukkoukeikaku_english.html>

Kitagawa, Yoko. "The Kuromori Kagura Premiers in Moscow, Sending a Message of Recovery." *The Wochi Kochi Magazine*. Web. 15 Oct. 2014. < http://www.wochikochi.jp/english/>

Kourlas, Gia. "With Each Step and Note, a Japanese Tradition Lives On." *The New York Times*. 28, October, 2012. Web. 15 Oct. 2014. <http://mobile.nytimes.com/2012/10/29/arts/dance/kuromori-kagura-at-japan-society.html?from=arts.dance>

Okada, Hiroki. "An Anthropological Examination of Differences between the Great East Japan Earthquake and the Great Hanshin Earthquake." *Asian Anthropology*. 11 (2012): 55-63.

Robertson, Jennifer. *Newcomer: Making and Remaking a Japanese City*. Berkeley: U of California P, 1991.

Thompson, Christopher. "Enlisting On-line Residents: Expanding the Boundaries of E-government in a Japanese Rural Township." *Government Information Quarterly*. 19 (2002): 173-87.

———. "Depopulation in Regional Japan: Population Politics in Tôwa-chô." Eds. John W. Traphagan and John Knight. *Demographic Change and the Family in Japan's Aging Society*. Albany: State U of New York P, (2003): 89-107.

———. "The Ochiai Deer Dance: Traditional Dance in a Modern World." *The Journal of Popular Culture*, 38 (2004). 129-148.

———. "Cultural Solutions to Ecological Problems In Contemporary Japan: Heritage Tourism in Asuke," Ed. Shalini Singh. *Domestic Tourism in Asia: Diversity and Divergence*. London: Earthscan, 2009:51-64.

Thornbury, Barbara. *The Folk Performing Arts: Traditional Culture in Contemporary Japan*. Albany: State U of New York P, 1997.

市川裕一（編）『東日本大震災報道写真全記録二〇一一・三・一一―四・一一』朝日新聞出版、二〇一一・四、七四、七六、八二、九八。

伊藤滋・三船康道共著『東日本大震災からの復興覚書』万来舎、二〇一一。

岩手県宮古市教育委員会企画・製作『黒森神楽～その巡行と儀礼～』ＤＶＤ、二〇〇八。

岡本包治編著『生涯学習のまちづくりノウハウ』ぎょうせい、一九八九、三〇―四一。

神田より子『神楽の経済学』黒森神楽アーカイブス　岩手県宮古市教育委員会、一九九七。

――『黒森神楽～その巡行と儀礼～』ＤＶＤ　岩手県宮古市教育委員会企画・製作、二〇〇八。

仮屋雄一郎『黒森神楽』宮古市教育委員会、二〇〇八、一七〇。

――『宮古の三〇〇日を振り返って』第六巻（特別版）、二〇一二・四。

宮本常一『忘れられた日本人』岩波文庫、一九八四。

八木ありさ「『生きる力』をひきだすダンス」*Japan Society For Dance Research Newsletter*.（二〇一一・一一・二六）三―四。

柳田国男『遠野物語』日本近代文学館、一九一〇。

――『日本の祭り』弘文堂、一九四六。

結城登美雄「わが地元学」『増刊現代農業』第五二号、二〇〇一、一四―二三。

吉本哲郎『地域から変わる日本　地元学とは何か』農文協、二〇〇一・五、一九四―一九九。

# 大津波のあとに
## ——『災害ユートピア』から復興の共同体へ——

熊本早苗

災害は、世の中がどんなふうに変われるか——あの希望の力強さ、あの結束の固さ——を浮き彫りにする。相互扶助がもともとわたしたちの中にある主義であり、市民社会が舞台の袖で出番を待つ何かであることを教えてくれる。（ソルニット　四三九[1]）

### はじめに

レベッカ・ソルニット（**Rebecca Solnit**）は、著書『災害ユートピア——なぜそのとき特別な共同体が立ち上がるのか』(*A Paradise Built in Hell: The Extraordinary Communities That Arise in Disaster*) において、災害時に垣間見えるユートピアとディストピアを描き出している。「地獄」と思える災害時、そして過酷な災害後の被災地において、ユートピアというような表現は、悲惨な災害現場には不適切とも思える。しかしながらソルニットは、その表現に地域的かつ時代的な汎用性を付与し、災害時にこそ、「地獄の中の希望」として〈災害ユートピア〉を見出さざるをえないと論じている。災害は、それまで看過されてきた問題が露呈される一方で、従来の価値観を打ち破り新たな何かが現れる契機となり得るのかもしれない。そこで本稿では、ソルニットの〈災害ユートピア〉論における「特別な共同体」を援用し、復興過程における「伝える・共有する・支えあう」という観点から、災害と言葉について考察する。震災後の私たちは、どのようにして希望を語ることができるのだろうか。

## 一　伝える――災害と言葉――

二〇一一年三月一一日金曜日、午後二時四六分。震度七、マグニチュード九の巨大地震が発生した。津波の高さは最高一五メートルに達し、街が消えた。死者、行方不明者は、六県合わせて約二万人とされている（平成二四年二月時点[2]）。この東日本大震災・大津波発生は複合大災害となって瞬く間に人々の日常を奪い、すべてを変えた。今なお、その傷跡は深い。復興庁の発表によると、二〇一四年八月時点で避難者は二四万人超、岩手・宮城・福島の三県で仮設住宅などに暮らす避難者は約一九万人とされている。今まで積み上げてきたものを一瞬ですべて失ったとき、大切な存在の人々があまりにも多く亡くなったことに直面したとき、故郷の風景が一変して津波で奪われたとき、その衝撃と悲痛は言葉では表現し難い。中良子は『災害の物語学』の序文において、次のように解説している。

当時、最もよく言われたのが「言葉を失う」という言葉ではなかっただろうか。メディアも一斉に沈黙を守り、自主規制がかけられたテレビでは、ＡＣジャパンが提供する「あいさつの魔法」と「こだまでせうか」とが繰り返し延々と流された。（中略）金子みすゞや宮澤賢治の詩がブームになったのは、絶望のさなかで、人は無意識のうちに日常を異化してくれる言葉を必要としていたのかもしれない。（中　三）

震災直後、被災民となった者たちは、絶望感に打ちのめされた。しかし、ソルニットの『災害ユートピア』は、「地獄の中」にこそ生まれる「パラダイスがある」（二三）と語りかけてくる。それは、歴史上の多くの戦禍や災害を生き抜いた人間の歴史へと視線を転じさせる。すなわち、失ったものよりも、残されたものへ目を向ける行為へといざなう。どれほど辛くても、悲しみに押しつぶされそうになっても、危機的状況において発揮しなければならない実践的な発想の転換を促しているように思える。

震災から約一年経過した二〇一二年三月一三日、ソルニットは来日し、岩手県の沿岸被災地を視察した。その後、東京外国語大学で行なわれたシンポジアム「《災害ユートピア》論から検証する三・一一」において講演し、その講演内容は邦訳されて出版されている。興味深いことに、「災害に向かって扉を開く」と題された講演の後半で、邦訳では「新しい風景、新しい言葉」という見出しが付され、次のように述べている。

災害が私に教えてくれたことは、日常生活がどれほど容易に災害になりうるか、私たちがどれほど深くメンバーシップや働きかけ、目的を求めているか、そしてそれを見いだしたとき、どれほど心を動かされるかということです。そして私たちはそれを災害のなかに見いだすことがあります。（ソルニ

ット　八四）

災害に際して私たちは、背後にあるすべてのものを捉え直し、人間の本質と社会の可能性を想像し直すことが求められる。では、災害に際して環境文学批評はどのような役割を担えるのだろうか。

『オルタナティヴ・ヴォイスを聴く』の序文において編者の伊藤詔子（エコクリティシズム研究学会代表）は次のように述べている。「一つのネットロスが社会とエコシステム全体の崩壊につながるというのがエコロジーの原理であるとともに、そのさなか人命救助と被災地復旧、命懸けの原発での回復作業など、国際的国内的組織的人的支援のネットワーク構築もまたエコロジーの原理そのものであることにも思いをはせなければならない」（伊藤　一〇）。このように、「人間と環境の関係を描く環境文学の課題の大きさ」を真剣に考えることは、想定外の災害が頻発する現状を生き抜く上で必須であり、それは次世代のための取り組みとして、重要な課題である。

筆者の勤務校は、岩手県内陸部に位置しており、公立校であることから県内出身者が多く、当然沿岸出身の者もいる。あるいは祖父母等の近親者が沿岸に住んでいるという学生も多い。在学生の学費を負担していた祖父母の家が全壊あるいは流出したという学生もおり、どの学生も少なからず震災の影響を受けて、経済的困難を抱え始めていた。震災後のメンタルケアを重視すべく、個別面談を実施し、例年より遅れての講義開始となった。親元を離れて岩手県内陸部に住み、数日間の停電と断水、降雪の寒さの中で災害後の孤立感と不安感を体験した学生もいた。電気や携帯電話の電波が復旧した後、メディア報道によって愕然とする風景をつきつけられ、彼らはそれらを咀嚼するための言葉や、現状を理解するための概念、過去の甚大災害を体験した人の体験談を欲していた。危機的状況における言葉への希求心について、先述の中良子は次のように述べている。

失語症的な状況が強調されるほど、人々は言葉を求めていたのだろう。そのことは、絶望的な危機に瀕したとき、人が何よりも欲するものは、言葉なのだという真理を物語っている。言葉とは、理不尽な混乱を説明し納得させてくれるもの、悲しみを癒してくれるものであるからだ。ただしそれは、少なくとも、被害の状況を伝える数字や「ただちに健康への心配はありません」という冷たい情報の言葉ではない。心に響く、信じるに値する言葉である。そのような言葉を文学の言葉と呼んでいいだろう。（中 四）

震災を経て、被災地における若者の自己と自然環境との関係性は、それまでの里山や故郷を思い描く甘美なものから、ディストピア的様相へと変化した。自然界と向き合う自己の再構築が急務となっていた。そのような学生たちは、積極的に『オルタナティヴ・ヴォイスを聴く』を読み始めた。環境汚染による世界各地の悲しみや怒り、不条理に立ち向かう現実の一端を学びながら、彼らは自己の状況を客観視し始めたのである。すなわち、自らの震災という体験を、時空や地域性を越えて、他者との関係性の中において捉えることが可能であると知り、そこから彼らは目的意識を持って学ぶ姿勢を強くしていった。

ソルニットは、『災害ユートピア』の冒頭において、「エマージェンシー」（緊急事態）の語源について言及している。言語の起源を考察することによって、そこに人間の文化・歴史と災害が密接な関係性にあることを読み取ることができる。

エマージェンシー（emergency 緊急事態）という語はエマージ（emerge 現れ出る）から生じていて、その反対語のマージ（merge）はラテン語のメルゲレ（mergere 液体に沈められた、浸された）から派生している。「緊急事態」は普通の状態からの分離であり、新しい空気の中へ突然の進入を意味し、そこでわたしたちは危急の事態に際して上手く対処することが求められる。（ソルニット　二三）（傍線筆者）

ここにおいて、災害が突然襲いかかってくることを、「新しい空気への突然の進入」と表現している点に注目したい。岩手県沿岸で被災した方々の中には、震災直後に感じた事柄を、同様の表現を用いて語っている人が少なくない。

大津波が襲い来る直前に、高台へと避難した人々が目撃した風景は、多くのメディア映像でも繰り返し報道されているが、メディア報道から伝わりにくいのは、その場の「空気感」あるいは嗅覚を刺激する感覚かもしれない。高台へと逃げる途中、背後にある海からどす黒い津波が押し寄せてくる恐怖の最中、必死で避難した人々は、周りの空気が普段と違っていたことに気づいたという。車で避難所や高台へ向かっていた人々は、渋滞している車が前へ進みそうもないので、危険を察知し、車をその場に置き去るしか方法はなく、走って高台まで逃げた。多くの人々が腰までずぶぬれになりながら、あるいは半分流されそうになりながらも、ようやく高台へ辿りついた。その途中にも、多くの悲惨な出来事が生じた。引き潮の勢いで、避難を共にしていた家族とつないでいた手が離れてしまい、目の前で大切な人が流されていくのを目撃しなければならない人もいた。

高台から眼下を見渡すと、いたるところから火災が発生し、見慣れた町はあたり一面、黒い波に襲われ、火の海となっていた。高台では通常ありえないほどの潮の香、車や建物が燃える異臭、津波で助かった町の人をも飲み込んだかもしれない火災の匂い、周囲に漂う寒気と人々の困惑や深い悲しみが混じった空気がそこにはあった。夜の闇は忍び寄り、停電のために視界がほとんど遮られてしまった中で、人々は嗅覚によって災害の惨さを感じたのである。

災害を五感で感じ取った様子は、岩手県沿岸にある山田町の大沢小学校に通う児童たちの日記『震災日記　津波に負けない――大沢の子どもたちが綴った三・一一からの一年間』からも読み取れる。三月一一日の日記から三名の日記を抜粋させてもらう。

二時四六分。M9の地震が起きた。教室では卒業式練習をしていた。（中略）ダァーと大きな音と共に建物が次々とこわれていく音、もうなにがなんだかわからなくなった。（中略）学校の下の方は、火事で、何度も爆発をくり返した。（四）

鳥がバァーといっせいに飛び去って変な音がした。ゴォーゴォーゴォーザァーザァーザァーとものすごい音。私は立ち上がってみた。黒い波が大沢の町をのみこみ、白い建物が流されたのをみて、信じられなく、言葉を失った。泣いている人、「アー家が流されるー」と言っている人がたくさんいた。（中略）火災が起こった。あかい炎と黒いけむりがみえて、ふるえがとまらなくなった。（五）

避難して校庭に来てから、三〇分ぐらいたった後「ザー」という大きな音がした。次の瞬間学校の下を見ると家が流されていた。ぼくの家は大丈夫なのか。おじいちゃんおばあちゃん家族は無事なのか本当に心配になった。この日は大沢小にとまることになった。夕飯はおにぎり一個。電気も水道も使えず、水は池の水をくんで使いました。光はローソクでした。ふとんもなく、ぼくは友達と二人で一枚の毛布でがまんしてねました。でも、山田町の方で火事がおき夜にばくはつの音が何回も聞こえ夜は全然ねることができなかった。また、ぼくのお父さんは漁師をしているため地震があった時から船に乗り沖に出ていき一日をすごしたからすごくお父さんのことは心配だった。（六）

岩手県山田町立大沢小学校は、太平洋を見下ろす高台に建つ小学校で、二〇一一年震災当時一二三人の児童が学校にいて全員無事だった。しかし、全九五世帯のうち六五世帯の住居が全半壊の被害を受け、家族や親戚をなくした児童もいた。三月一一日付の日記からは、言葉を失う状況において、耳にした音や体感した揺れについての素直な表現が綴られている。この時点で、多くの児童は家族の安否を知らない。学校に泊まることになり級友と身体を寄せ合って過ごしていても、余震と寒さと不安で眠れなかったこと、家族の無事を心配する気持ち、「私に明日は来るのだろうか」（六）という感情などが記されている。身体感覚から紡ぎだされた言葉が、災害直後の「空気感」を如実にあらわしている。

その後の大沢小学校は地区の避難所として数百名の避難者を受け入れ、約五ヶ月間にも及ぶ集団生活を余儀なくされた。約半年もの間、小学校は通常通りに授業や体育等ができない状況であったが、児童たちは手書きの学校新聞『海よ光れ』を発行し、回覧や手渡しという形で被災者を励まし続けた。その取り組みは継続され、『海よ光れ』は今も希望の言葉を紡いでいる。

## 二　共有する――災害とソーシャルネットワーク――

緊急情報をいかに伝えるか、そして災害の被害をいかに共有し防災に活かすかは、災害後の「自助・共助・公助」というすべての過程において重要な課題である。一般的に、災害は第一期として自分自身が自らを助ける時期の「自助」、次に、生き残った者同士が互いに助け合う第二期の「共助」、そして最後に公的な救済を必要とする第三期の「公助」のプロセスを辿る。東日本大震災の被災地も、多くの場合、この過程を辿ってきた。災害直後は、誰もが自分でその場を生き抜こうと必死で過ごすものの、大規模停電やガソリン不足によって、互いに助け合うことが必要不可欠となっていった。

災害復旧の第二期である「共助」の過程において、ソーシャルメディアは「命綱」となっていった。被災地の体験で共通しているのは、多くの人々が通常の電話回線や連絡手段が使えずに、限られた連絡方法で不安の極地にいたことである。津波によって、目印となる建物などランドマークが半壊もしくは全壊し、流出してしまった地域において、よほどの土地勘がある者は徒歩で情報を得ることもできただろうが、どこの道が通れるのかさえ不明な時期に、ラインなどのソーシャルネットワーク・システムが役立ったと話す若者も多い。役場自体が被災し、緊急情報も発信・共有すらできない状態にあった地域では、外部との連絡網が遮断されていた。そのような緊急事態において、ソーシャルメディアはどのような役割を担ったのだろうか。『メディアは大震災・大津波をどのように語ったか』において遠藤薫は次のように述べている。

東日本大震災で明らかになったソーシャルメディアの最も大きな特徴は、ソーシャルメディア単独の機能というより、ソーシャルメディアが、他の多様なメディアの媒体となるという点である。（中略）東日本大震災では、マスメディアとソーシャルメディアが相互補完しつつ緊急情報の報道に努力した。（中略）ソーシャルメディアは、リアルなボランティア活動や復興支援活動を編成するために大きな力を発揮した。（遠藤　八四）

ここで遠藤が「連携」と述べているように、災害における「共助」とは、情報の連携作業を意味した。東北地方の被災三県（岩手県・宮城県・福島県）では、震災後に停電した世帯数が多く、電話やテレビ、パソコンが使えない状況であった。比較的早く復旧したのが、携帯電話会社のメール機能と、フェイスブックやツイッターであった。福島県では、インターネットが接続できず、電話の通話機能が使えないときでも、スマートフォン利用者間でカカオトークやラインだけは使えたという人もいた。ソーシャルメディアのうち、何か一つでもつながると、人々は共有できる安心感を得られる。さらに、そこから災害の被害状況について情報を交換し、二次被害対策についても動き始めることが可能になった。このようにして、ソーシャルネットワークの連携は、「共助」へとつながっていったのである。

「共助」のプロセスにおいては、平時のときに垣間見られる日本人と在住外国人との間にある垣根さえもが取り払われていった。震災直後の緊迫した状況において発生した独特の雰囲気、あるいは共同体意識について、宮城県在住のＪ・Ｆ・モリス（宮城学院女子大学教授）は、『日本における自然災害と原発危機』(3)において次のように述べている。

災害後に生じた出来事の一つに、同じ場所で被災した者同士の間に、ある種の災害後における共同体意識あるいは共通意識が見られた。（中略）災害という恐怖体験をその場で等しく共有したことによって、共同体意識や地域への帰属意識はとても強く明白であり、単なる想像とは言い難い。私自身は白人オーストラリア人の特徴が顔からも見て取れる容姿をしているが、災害直後の、いわゆる「密月」の時期においては、周囲の人々は私がどこから来たのか尋ねることもなかったし、私が流暢な日本語を話すことにいちいち驚いたりもしなかった。私が彼らと同じ場所で震災を体験したことにより、私はその共同体の一員であり、「地元民」だったのである。（モリス　四一）（筆者訳　傍線筆者）

モリスが「ある種のコミュニティとしての感覚、あるいは帰属意識は、とても強烈で、そこにいた誰もが共有したもので、それは、単なる想像上のものではない」と述べているように、ここから読み取れるのは、災害後に特別な共同体がリアルに生じた事実である。国籍や言語、人種に関係なく、災害直後のコミュニティは、そこに居合わせたすべての人々が「共助」に必要な構成員として見なされていたのである。これは、ソルニットが『災害ユートピア』において指摘している点と合致する。すなわち、災害時に急遽生じる「社会的絆」というものが、今回の災害時においても生じた事例の一つであると言える。

二〇〇一年九月一一日、アメリカのニューヨークで起きた同時多発テロを分析して、ソルニットは「社会的絆」に関連して次にように述べている。

一九六四年の「フリーダムサマー」と呼ばれた黒人公民権運動に参加し、今はラトガース大学の歴史学者となったテンマ・カプランは語る。（中略）九・一一にはただ、コミュニティがまだ存在していて、人々は善を信じていて、そのまま毎日を続けていけて、将来もそれが再確認する必要があったのです。誰もが気持ちをしっかりともとうとしていて、互いにしがみついている感じでしたが、それは恐ろしく同時に素晴らしい体験でした。ああいった共同体の感覚は、長い人生でもめったに経験できるものではなく、しかも壮絶な恐怖と向き合った中でしか起きません。九・一一直後の数日間には、公民権運動のときによく話していた「愛すべきコミュニティ」の存在を感じました。（ソルニット　二七〇）

「共助」のプロセスでは、メディアが人と人をつなぐ役割を担う場面もある。ソーシャルメディアとマルチメディアが相互補完的に情報を提供していった東日本大震災においては、報道者と被災者の垣根あるいは区別が取り払われたようであった。被災者自身が報道する主体であった状況に注目したい。東日本大震災に関する様々なドキュメンタリー報道にも、「視聴者撮影」という映像が使われているように、ユーチューブなどのインターネットサイトには、その場に居合わせた人が撮影した映像が投稿されている。予期せぬときに、想定外のことが起こった場合、その被害の様子を記録に残せたのは、災禍の渦中にいた、まさに被災者自身であった。

さらには、被災した人々に向けて語りを紡いできたのもまた、被災した報道者であった。例えば、岩手県釜石市の旅館「宝来館」の女将による体験談が多くの人の心を動かし、ツイッターで拡散されていった。やがてそれは復興支援ボランティアへとつながっていった。これは、災害時におけるソーシャルメディアの役割を象徴している事例であるといえよう。被災者の緊迫した状況をリアルタイムで受け取った読み手が、遠隔地から善意のバトンをつないでいき、被災地に支援物資等を届けた一例である。

今回の大震災・大津波において、岩手県沿岸にある大槌町は、役場自体がひどく被災したために、役場にあった長年の公的「記録」を失った。また、多くの被災者は想い出の家族写真や遺影など私的「記録」さえも失った。古き良き故郷の「記憶」は色あせることがないだけに、すべてが流出して瓦礫や船がありえないような様相で陸地に乗り上げている様をみることは、被災者にとって、とても惨い光景である。一方で、そこで何が起こったのか、という津波の被害を語り継ぐことの重要性も海と共に暮らす人々は熟知している。新たな記憶装置として、あるいはメモワールとしての「災害の語り部」の役割は、重要性を増している。

## 三　支えあう――災害とボランティア――

ソーシャルメディアによって、災害の現場となった場所から遠く離れた土地にいても、被災地の人々を助けようとする人々も現れた。これもまた、災害時に立ち上がった共同体の一種として捉えることができる。それが、どれほど被災者を慰め、勇気づけるかは、生死を共有するような場にいて支えあった者にしか共感できない現実かもしれない。

災害時には、その渦中の人々と、遠くから理解しようとしている人々の、両方の心に生じる矛盾を受け入れる能力が要求される。どの災害においても、苦しみがあり、危機が去ったあとにこそ最も強く感じられる精神的な傷があり、死と喪失がある。しかし、満足感や、生まれたばかりの社会的絆や、解放感もまた深いものだ。（ソルニット　三〇）（傍線筆者）

ソルニットは、「自助」を経た「共助」のプロセスについて述べている。したがって、「公助」のプロセスや、万人にとっての〈災害ユートピア〉を解説しているのではないように思う。むしろ着眼すべきは、ソルニットが「危機が去った後にこそ最も強く感じられる精神的な傷」の存在に言及している点である。それは、東日本大震災においても存在していると多くの心理学者が指摘している。[4]災害後の遺体確認の様子や、目の前で流されていった人々の記憶や物語が紡ぎだされるにしたがって、ようやく被災地において何が起きていたのかを生存者は知り、受け入れる作業が始まったという人もいる。一方で、強い引き波によって多くの市民が行方不明となり、現在「死者」として報告されている人の中には、実はまだ遺体が発見されていない方も含まれている。その遺族は、今も必死に海中を探している。このように、災害後に「死」を受け入れられず苦しむ人々もいる。そして、津波で生き残った人の中には、「自分だけなぜ生き残ったのか」という罪悪感と向き合い、その想いが年月と共に心に深く刻まれている被災者も少なくない。[5]その姿は、悲しみの淵から死と喪失の物語を語ることで、今後の生き方を模索し続けているようでもある。

そうした傷を負っているからこそ、被災地においては、「生まれたばかりの社会的絆」もまた強く感じられるのではないだろうか。震災の三ヵ月後、それまで岩手県立大学とは由縁もなかったアメリカ合衆国のオハイオ大学から、震災復興支援の一行が岩手を来訪した。オハイオ大学で教鞭を執るクリストファー・トムソン博士は、被災地での支援体験の必要性を次のように述べている。

被災地の視点に寄り添い、沿岸の被災者の現在の暮らしを理解し、彼らの長期・短期的なニーズを把握することなしには、社会的・文化的・経済的に包括的な支援はできない。（トムソン　二〇一二）（筆者訳）

トムソン氏は、被災地の地域性を尊重し、被災者のニーズを社会・文化・経済的側面から理解する必要性について述べている。ここから、震災報道と実際の被災地における体験との間のギャップを見抜いていたことが伺える。だからこそ、「地域性」の理解、「場所の感覚」を重視し、アメリカ内陸部のオハイオ州から、はるばる東北地方の岩手県まで一団を率いてきたのであろう。震災報道は、往々にして、災害の中心部で被災した人々、いわばメディア当局の知るところとなった数パーセントの人々に焦点を当てて報道される。けれども、実際には、そういった人々の周囲には、同じ町内や近所に住みながら、日常を寸断された多くの被災者がいる。声を大にして支援を求められない彼らこそが、実際には最も「寄り添い」を必要としている。そこにこそ、「内」なるまなざしや、その「場」に即した活動の意義がある。

後に、ボランティア活動を共にして判明したことだが、トムソン氏は、幼少期を家族と共に広島で過ごしていた。広島市においては、平和運動に貢献した谷本清氏の近所に暮らし、近藤紘子氏と共に育ったという。近藤氏は生後八ヵ月の時に母親の腕の中で被爆し、後にオハイオ大学や在米日本協会においても自らの体験談を話している。すなわち、トムソン氏自身が広島における被爆体験者を身近に感じ、その歴史、そして原爆文学の重要性を理解する人物だったからこそ、東日本大震災に際して、様々な危険や困難をも伴う災害復興支援活動にいち早く反応し、見ず知らずの被災者に寄り添う形での援助に尽力することができたのではないだろうか。彼は、一般メディアでは報道されない被災地の現実について、次のように言及している。

岩手をフィールドワークの地として長年研究してきた者として、二〇一一年の九月に復興支援活動に従事した。そこから見えてきたのは、沿岸被災地、特に小規模な地域の声は、一般的な津波被害の報道ニュースとしては陽の目を浴びていないということであった。（トムソン　一一）（筆者訳）

在米の日本文化研究者として活動するトムソン氏は、従前から岩手県の神楽や伝統文化にも精通し、花巻市や遠野市などでフィールドワークを行っていた。そうした経験からも、復興という「大きな物語」に目を向けるよりも、復旧のために苦慮している「地域の小さな物語」に着眼する重要性を示しているように思える。

オハイオ大学の一行が岩手県立大学の学生と共に日米協働ボランティアとして初めて活動を実施したのは、二〇一一年九月二四日のことであった。その時期は、岩手県では陸前高田市の壊滅的な状況が大々的にメディア報道されていた。巨大津波の襲来によって、市全体が消え、焦土と化していたのである。実は、岩手県沿岸の他の地域も同様の被害を受けていたのだが、交通網も遮断されている状況下において、全体像が把握できない時期であった。特に大槌町は、東京から北上してくる場合、道路状況も悪く、鉄道も線路も破壊された状態にあって、陸路の取材を困難なものにしていた。また、大槌町役場そのものが津波によって全壊・流出してしまうという事態に遭っていたために、町長以下役場職員の多くが命を落としていた。被害状況の公的受発信すら不可能になり、いわば、大槌町は情報網から孤立してしまっていた。

被災地においては、復旧を急ぎ、そのために様々なボランティア活動が実施されていた。地元の社会福祉協議会らがその取り纏めを実施していた。岩手県立大学も関係各所と連携しながら、参加させてもらった。ボランティアといっても、皆が専門的な知識や訓練を身につけているわけではない。我々の現地での滞在期間は数日間のみである。このような事情に鑑みて、初年度の活動の目的は、生活再建のための物質的な支援ではなく、「ソフト面」での支援とした。具体的には、被災した幼稚園児や児童の遊び相手になることと、川の汚泥を掻き出す清掃活動であった。大きな瓦礫は撤去されたものの、様々なもの（食器や衣服、写真なども）が津波と共に運ばれてきて、川底に沈殿していたのである。しかしその川は、本来ならば鮭やイトヨが産卵のために遡上してくるはずの川であった。

東日本大震災・大津波で絶滅が心配された「淡水型イトヨ」は、岩手県の絶滅危惧種に指定されており、かつ町指定の天然記念物である。鮭は「降海型」だが、イトヨは「降海型」と「陸封型」あるいは「淡水型」がある。天然記念物である「淡水型イトヨ」は海に出ず、一定水温以下の湧き水が豊富に出る清流にしか生息しない。本州でこの両型が同一地域に生息しているのは大槌町だけであるとする専門家もいる。災害から数ヵ月後、ひどく濁った水面が再び澄んできた源水川付近で、わずかながらイトヨの生存が確認された。その発見を受け、大槌町では、「(イトヨを) 増やして復興のシンボルにしたい」という想いが強まった。そして、地域の復興瓦版新聞は『イトヨ便り』と命名された。すなわち、津波によって川に沈殿したヘドロ汚泥や人工物の取り出しボランティア作業には、イトヨの再生を促し、町の人々の希望を生み出す「場」を用意する願いが込められていたのである。

しかしながら、震災の年に水場での復興支援活動はアメリカ人にとって非常に勇気のいるものだったに違いない。まだ福島第一原子力発電所事故による放射能汚染の被害状況の実態も明らかになっていない時期である。その上、岩手県の被災地では、日本脳炎をもたらす種類の蚊が五〇年ぶりに発生したとの注意喚起が県内で公表された直後であった。通常、九月下旬の岩手県では、蚊を見かけることは少ない。まして山沿いではなく沿岸であれば、蚊が飛来する季節はとうに終わっているはずである。しかし、震災のその年に、その種の蚊の飛来が確認されていた。まさに異常発生である。日本人学生は幼少期に日本脳炎の予防接種をしており心配はないが、アメリカの学生は日本脳炎をもたらす種類の蚊に対する免疫をもっていないことが推測され、事前打ち合わせでは現地情報やあらゆる危険性を逐次伝えていた。オハイオ大学側は、あらゆることへの対応を準備した上で、現地入りしていたのである。

さて、現地での活動後にオハイオ大学の学生は、早速その様子をビデオクリップにしてユーチューブに投稿し、アメリカの同級生や友達に伝えていた。その際、オハイオ大学四年（当時）のアリソン・ハイト氏は、復興支援活動の必要性について、被災者支援や「イトヨ」という種の保存という観点からだけではなく、自然環境の再生という観点から語っていたことは意義深い。それは、復興支援と環境正義の活動が交差する瞬間でもあった。

一方、初回の日米協働ボランティアの様子を見ていた大槌町のある女性は次のような感想を話してくれた。「ずっと海と共に生きてきたけれど、大津波の災害を経験してから、海なんか二度と見なくないと思った。でも、海を越えて、わざわざ助けにきてくれた人たちを見て、海の彼方には、彼らがいることがわかった。だから、また、海を見ることができるようになった」。

オハイオ大学と岩手県立大学との日米協働ボランティア活動は二〇一一年から現在（二〇一四年）も続いている。活動内容は、大槌町での「菜の花プロジェクト」や、宮古市と陸前高田市、大槌町における「水ボランティア」等多岐に渡る。(6) 現地のニーズは刻々と変化し、より深刻化している側面もある。「公助」でしか解決できない問題もあり、被災地での復興はまだまだ実感を伴わないと話す人も多い。現在もまだ、多くの人が仮設住宅に住んでいる。破壊された自然環境も簡単には戻らない。全国ネットのメディア報道には被災地の子どもたちの笑顔がよく映し出されている。確かに、テレビに映る子どもたちは元気にたくましく育っているように見える。しかし、支援活動で出会った仮設住宅に住む小学校低学年の子どもたちは、報道陣がいる前では元気な笑顔をふりまいていたが、ふとした合間に、こっそりと「おうちがほしい。おうち建ててよ」と打ち明けてきた。そうした側面も忘れてはなるまい。

人々が日々生き続け、立ち上がるために、地域メディアでは復興に関する話題が活発に提供されるようになった。大槌町では、二〇一二年夏、震災後初めて蛍が舞った。二〇一二年十月上旬、鮭の群れが大槌町を流れる源水側に遡上した。産卵場所である川に戻ってきた鮭は、背びれが水面に出るほどの浅瀬も構わず次々と源水川を上っていった。そして、「淡水型イトヨ」の繁殖も確認された。被災地では、深い悲しみと将来への不安感に苛まれながらも、被災した川に戻ってきた生物から、生きる勇気をもらっている。

## 四　立ち上がる——復興の共同体へ——

東北地方の孤島的な町の被害の様子は、グローバル・メディアの普及によってリアルタイムで世界中に伝えられ、人種や国籍を超えた、復興支援ボランティアによって支えられてきた。岩手県沿岸の被災地において生じた状況は、ソルニットが提言する〈災害ユートピア〉の一つであるといえよう。危機的状況において生まれた新しい共同体や日米協働の形は、世界の相互依存関係のネットワークの中で私たちが生きていることを示している。

ボランティアは、災害をじかに経験しなくても利他主義や相互扶助、即時的対応などの欲求や能力を解き放てることを証明している。それらの多くは、保守的な協会であろうと、反体制的なコミュニティであろうと、すでにちょっとした潜在的災害コミュニティとして世界中に存在する一種のサブカルチャーだ。このようなコミュニティは、市民社会として集まり、人間はつながっていて変化を起こすことは可能だと信じ、地球がより住みやすい場所になることを望み、その信念に基づいて行動する人々の間に存在する。（ソルニット　四二三）

もちろん、被災者が自らの「故郷」と呼べるような心の拠り所となる場所を新たに見つけることには多くの困難が伴う。それは、阪神・淡路大震災の五年後に関する調査記録[7]や、ハリケーン・カトリーナの三年から五年後にかけての被災地における証言記録[8]を見ても、より内面的な問題が深刻化している様子が分かる。〈災害ユートピア〉を一過性のものとせず、既存の概念を覆るその起爆力を維持しつつ、世界へ向けて自らのコミュニティを開くことが容易でないことは、「ユートピア」という表現からも想像できる。ニューオリンズでの調査を経て、ソルニットは次のようにも述べている。

友情や団結は旧来の分裂を超えて育まれた。（中略）しかしカトリーナはまた、多くの傷跡を残している。（中略）壊滅した市に、その市民たちに、数十万人のボランティアたちの心に、そして災害から生じた新しい結合に、カトリーナの効果や後遺症は今も次々と現れている。（ソルニット　四一五）（傍線筆者）

災害時だからこそ生じた新たな共同体による「効果」や、一方で今もその地域と人々の心に残る傷跡、もしくは災害後の社会不安から生じた「後遺症」といったものは、表裏一体であり、いわばユートピアとディストピアのように切り離して考えることができない。相反する力学の中において、次世代はどのような言葉で災害を語っていくことができるのだろうか。

先述した大沢小学校の震災日記には、震災から約一年後に次のような言葉が綴られている。二名の日記から抜粋させてもらう。

二月二九日
岩手や宮城からの漂流物が北海道の太平洋沿岸まで流されたというニュースを見た。流れついたものは、漁船・ガスボンベ・冷蔵庫やテレビそして学校名が入ったバスケットボール。中には、「山田魚市場」と名前が入った魚介類などを入れるカゴもあって、「あ～山田のものがここまで流されたんだ～」と思ってびっくりした。（中略）この漂流物を「持ち主に届けたい」と帯広市民の方が呼びかけてたくさんのボランティアを集めて活動している姿に感動した。「持ち主が大切にしていたものがあるかもしれない」と海岸のすみずみまでを大人だけでなく子どもも一緒にさがしていた。持ち主にはその物に対しての思いが詰まっていると思うのでありがたいと思う。すべてのものを失った人に届いたならそれは希望になると思う。（二六一）

三月一日
今日から三月。もうすぐ震災から一年が経つ。今でもたくさんの行方不明の方がいる。家族の安否がわからず苦しむ人々。その一方で引き取り手のない遺骨もたくさんあるとニュースで見た。すごく悲しくなった。共同墓地で遺骨供養するところもあるそうです。早く家族の元へ帰れるといいです。

学童期に震災を体験し、生死の狭間を垣間見て、児童らは壮絶な想いをしたと同時に、災害後に築き上げられた新たな絆についても体感している。一般メディア報道のような上からの目線ではなく、身近にいる悲しむ人々に寄り添い、共感する姿が、そこに立ち現れている。

## おわりに

災害がもたらす深刻な被害は、土地や共同体、そして人間の身体と心にも影響を与える。エコクリティシズムは、その影響や関係性について追究してきた文学の分野といえる。それは、被災地の若い世代に、新たな地域アイデンティティの構築を促す可能性をもつ文学領域である。次世代を築き上げる被災地の若者には、災害をきちんと後世へ伝え続けるという使命と、復興を遂げるという役割が託されている。そこにおいて、言葉は震災以前よりも増して重要な意味をもっている。肝要なのは、災害後の私たちに何ができるのか、その自発的思考力であろう。ソルニットは災害後の重要性について次のように述べている。

災害はわたしたちに別の社会を垣間見させてくれるかもしれない。だが、問題は災害の前や過ぎ去ったあとに、それを利用できるかどうか、そういった欲求と可能性を平常時に認識し、実現できるかどうかだ。ただし、これは将来、平常時があればの話である。わたしたちは今、災害がますますパワフルになり、しかも今までよりはるかに頻繁に起きる時代に突入しようとしている。（ソルニット　四三一）

ここでソルニットは災害を利益目的に「利用」することを推奨しているわけではない。むしろ、日々の危機意識の喚起を促し、防災教育の徹底や防災に強いコミュニティ構築を提唱しているのではないだろうか。私たちは災害の頻発する時代に生きている。実際、本稿執筆中の現在（二〇一四年八月二〇日）、広島市において真夜中三時頃、轟音と共に山崩れが発生した。山沿いにあった家屋は流され、土砂災害によって六三人もの尊い人命が奪われた。

　復興支援活動における「日米の協働」から見えてきたのは、客観的な地域理解、あるいは「場所の感覚」の重要性と「共感」する体験であった。災害が頻発する現代において、「共助」は必要不可欠であり、そのために開かれた地域として情報を発信することが求められている。自然災害の脅威と比べれば人間は「小さきもの」である。しかしながら、「小さきもの」が連携して変化をおこすことが可能だということを、大沢小学校の震災日記は示している。私たちは震災の記憶を未来につなげ、災害の悲劇を無駄にせず、〈復興の共同体〉を構築する使命を負っているのではないだろうか。

## 注

（1）本論での日本語引用文は、すべて高月園子訳　レベッカ・ソルニット『災害ユートピア――なぜそのとき特別な共同体が立ち上がるのか』（亜紀書房　二〇一〇）による。

（2）清水邦男（発行）・（カメラ）威世　『東日本大震災　岩手　復興へ向けて――釜石市／釜石警察／唐丹町／唐丹小学校／大船渡市／陸前高田市／県立高田病院』より。

（3）J. F. Morris. "Recovery in Tohoku." *Natural Disaster and Nuclear Crisis in Japan*. 33-50.

（4）藤森立男・矢守克也『復興と支援の災害心理学――大震災から「なに」を学ぶか』を参照。

（5）吉田典史『もの言わぬ二万人の叫び――封印された震災死　その「真相」』を参照。

（6）岩手県立大学復興支援センター主催の「オハイオ大学等との復興支援活動」の一例。二〇一二年度からは、「水ボランティア」（岩手県立大学の千葉啓子教授がリーダーを務める支援活動）にオハイオ大学と、本庄国際奨学金財団の留学生らが参加し活動継続中。

（7）齋藤誠一・西田祐紀子「阪神・淡路大震災の心理的影響に関する研究――五年後調査報告」二五一―五七。

（8）Jed Horne. *Breach of Fatih: Hurricane Katrina and the Near-Death of a Great American City*. 107-10.

## 引用・参考文献

Dohner, Brandon and Allison Hight. "Ohio University Trip to Iwate (2011)." *You Tube*. 25 Sept. 2011. Web. 3 Feb. 2012. <http://www.youtube.com/watch?v=KJHiz3zPptI>

Horne, Jed. *Breach of Faith: Hurricane Katrina and the Near-Death of a Great American City*. New York: Random House, 2007.

Morris, J. F. "Recovery in Tohoku." *Natural Disaster and Nuclear Crisis in Japan*. Ed. Jeff Kingston. New York: Routledge, 2012. 33-50.

Ride, Anouk and Diane Bretherton. *Community Resilience in Natural Disasters*. New York: Macmillan, 2011.

Solnit, Rebecca. *A Paradise Built in Hell: The Extraordinary Communities That Arise in Disaster*. New York: Viking, 2009. 高月園子訳『災害ユートピア——なぜそのとき特別な共同体が立ち上がるのか』亜紀書房　二〇一〇。

—— and Rebecca Snedeker. *Unfathomable City: A New Orleans Atlas*. Berkeley: U of California P, 2013.

Thompson, Christopher S. "Local Perspectives on the Tsunami Disaster: Untold Stories from the Sanriku Coast." *The Asia-Pacific Journal: Japan Focus*. 29 Feb. 2012. Web. 1 March 2012. <http://www.japanfocus.org/-Christopher-Thompson/3706>

伊藤詔子（監修）横田由理・浅井千晶・城戸光世・松永京子・真野剛・水野敦子（編著）『オルタナティヴ・ヴォイスを聴く——エスニシティとジェンダーで読む現代英語環境文学一〇三選』音羽書房鶴見書店　二〇一一。

ＮＨＫ東日本大震災プロジェクト『証言記録　東日本大震災』ＮＨＫ出版　二〇一三。

遠藤薫『メディアは大震災・原発をどう語ったのか——報道・ネット・ドキュメンタリーを検証する』東京電機大学出版局　二〇一二。

大澤真幸『三・一一後の思想二五』左右社　二〇一二。

小川春美・熊本早苗・クリストファー　トムソン「岩手県立大学とオハイオ大学の共同ボランティア活動に関する報告」『岩手県立大学盛岡短期大学部研究論集』第一五号（二〇一三・三）七七—八二。

片野勧『八・一五戦災と三・一一震災』第三文明社　二〇一四。

国立教育政策研究所（監修）・徳永保・佐々木敏夫（編）『震災からの教育復興——岩手県宮古市の記録』悠光堂　二〇一二。

齋藤誠一・西田祐紀子「阪神・淡路大震災の心理的影響に関する研究——五年後調査報告」『神戸大学都市

安全研究センター報告』第五号（二〇〇三・三）二五一―五七。

清水邦男『東日本大震災　岩手　復興へ向けて』シナノ書籍出版　二〇一二。

中良子『災害の物語学』世界思想社　二〇一四。

藤森立男・矢守克也『復興と支援の災害心理学――大震災から「なに」を学ぶか』福村出版二〇一二。

山田町立大沢小学校震災日記編集部『震災日記　津波に負けない――大沢の子どもたちが綴った三・一一からの一年間』毎日新聞社　二〇一二。

吉田典史『もの言わぬ二万人の叫び――封印された震災死　その「真相」』世界文化社　二〇一三。

レベッカ・ソルニット　小田原琳訳「特別寄稿――災害に向かって扉を開く」『ａｔプラス――思想と活動』第一二号（二〇一二・五）七六―八七。

# 震災の表象と物語性
## ——東日本大震災の初期報道写真集を中心に——

信岡朝子

## はじめに

震災からちょうど一年の節目となる二〇一二年三月一一日、ある奇妙な体験をした。その日各メディアは、地震発生の瞬間を振り返る意味で、当時の生々しい映像をニュース番組などで一斉に放映していた。何気なく見始めたテレビの前で筆者は、震災のその日にタイムスリップしたかのような、同じ悲劇を再度目撃しているかのような、得体のしれない恐怖感に襲われたのである。

この思わぬ体験から導き出された一つの発見とは、東日本大震災という大きな災害を、いわゆる被災地からある程度距離が離れた地点で体験することの特異性である。作家の池澤夏樹氏は、震災後に発表した自身の体験談の中で、被災地〈外〉での震災経験が有する特徴を、実に端的な形で描出している。

あの頃はよく泣いた。廃墟に立って手放しで泣く老人の写真に泣き、震災の一週間後にあった従兄の葬儀では泣かなかったのにその翌日の親友の娘の結婚式で花嫁姿に泣き、東北の被災地に入った看護師の報告のブログに泣いた。（中略）最初の日々の衝撃はメディアの表面から遠のいたように見えるが、ぼくは死者と行方不明者のことをまだ遠いものとできない。津波の映像を何度となく見直し、最初に見た時の衝撃を辿り直す。「河北新報」や「朝日新聞」など各紙が出した最初の一か月の縮刷版を読み返す。「サンデー毎日」緊急増刊の写真集を見る。あるいは昭文社の『東日本大震災　復興支援地図』を何度となく開き、浸水域の広さにため息をつく。薄れさせてはいけないと繰り返し記憶に刷りこむ。（池澤　八―九）（傍線筆者）

福田充氏は、東日本大震災とは「メディアを通じて経験するメディア体験であった」（福田　七）側面があると指摘するが、池澤氏の引用文に登場する「写真」「ブログ」「映像」「新聞の縮刷版」「写真集」「地図」といった言葉の数々からも読み取れるように、いわゆる被災地の遠隔地で震災を体験した人々にとっては、震災経験とは何よりもまず、メディアによって発信された無数の表象群に長期間にわたり取り囲まれる体験であったことが分かる。また、「何度となく見直す」「繰り返し記憶に刷りこむ」などの表現が示すように、こうした地域におかれた人々は往々にして、安全な場所で事態を傍観することに後ろめたさを感じ、テレビや新聞、インターネットの情報を読み漁ることに没頭する傾向にある。そうして震災という出来事の認識の仕方を、メディアを通じて無意識に学んでいくのである。

ただし、そうしたメディアによって伝えられる震災とは、当然ながら現実の出来事そのものではなく、断片化され、解釈され、分かりやすい形に単純化された現実の代替物に過ぎない。そして出来事の不十分な断片であるメディア表象を通じて、震災という出来事を記憶にとどめていく人々の数は、東北の地で実際に津波を経験した人々の数を、今後ますます上回っていくことであろう。こうした観点に立つ時、出来事についての解釈、あるいは表現形態の一つである報道による出来事の伝え方、〈語り方〉について、改めて考える必要が出てくるのである。

## 一　物語化される経験

東日本大震災に限らず、日常生活のスケールをはるかに超えた規模で発生する自然災害や環境破壊といった問題は、しばしば人間がより知覚しやすい形に記号化、あるいは物語化される傾向にある。例えば、地球温暖化と呼ばれる現象について、実際に肌で感知するような日常的感覚から、温暖化という現象を認識する者はいないであろう。温暖化という現象の存在を理解し、それを意識して行動する人間の大半は、氷河の崩落の映像や、ホッキョクグマが氷の上で孤立しているように見える写真、あるいは実際に地球が熱くなっていることを暗示するような色使いのグラフやイラストなどを通じて、温暖化という現象を観念的に理解していると考えられる。[1]

とりわけ近年のＩＴ機器やインターネットの普及により、記号やシンボル、映像や画像による表現がますます増殖しつつある現代において、災害や環境問題はしばしば、インパクトの強い写真や動画を通じて表現される傾向にある。そしてその強いインパクトゆえに、より多くの人の関心を引きつけ、さらにインパクトの強い映像が求められるという循環を生み出しているのである。これについてジョン・クラックネル（Jon Cracknell）は、災害や環境問題の報道がしばしば、出来事を象徴するような「メディアジェニック（mediagenic）」（六）な図像を前面に押し出す傾向にあることを指摘する。[2]

東日本大震災の場合、発生後繰り返し報道された、津波の被害を映し出す非日常的かつショッキングな映像の数々は、見る者の恐れと同時に興味や好奇心を喚起するような視覚的インパクトを持ち、その意味でハリウッドの災害ものに見られるようなスペクタクルの延長上にあるものと解釈することもできる。また震災後の初期報道において、情報の希薄さとは裏腹に、眼前にいかに驚くべき光景が広がっているかという点を強調するようなヒステリックな報道が繰り返されたことは、情報不足や、未曽有の災害と呼ばれる出来事を伝達する手法が模索状態であったという報道側の限界に加え、そうした非日常的光景が、ある種のスペクタクルとして一般視聴者に消費された可能性を示唆するものと言えるであろう。

中でも東日本大震災においては、スマートフォンなどのＩＴ関連機器、さらにユーチューブなどの動画サイトの普及により、過去の他の災害と比べても膨大な量の動画が一般市民によって撮影され、その映像はインターネットを通じて世界中に配信された。その意味で動画の持つ影響力は計り知れない。その一方で、新聞や雑誌報道などに見られる静止画のインパクトも、動画の影響力と比して決して無視できないものがある。むしろ、動いているがゆえに一つの固定したイメージが作られにくい動画に比べ、好きなだけ時間をかけて眺めることができ、ゆえにくっきりとした印象が残りやすい静止画としての写真は、出来事のシンボルとして人々の記憶に定着し、震災に関するイメージないしは記憶の形成に持続的な影響を及ぼすことが予想される。

こうした観点から取り上げるのは、震災発生から約一カ月の間に続々と刊行された特別報道写真集という出版物である。特別報道写真集とは、日々作られる新聞等の紙面とは別に、出来事の推移を写真中心に要約的にまとめた臨時刊行物であり、東日本大震災の場合、宮城の地元紙である河北新報社を筆頭に、全国の地方新聞社、また朝日、読売、毎日等の主要新聞社から刊行された。これらは震災発生後、一つのまとまった出来事として震災全体の成り行きをまとめた最初期の媒体でもあり、書籍の流通が確保されていた被災地〈外〉を中心とする多くの読者が、情報が錯綜する中、震災の全体像を把握するためにいち早く手に取った資料と考えられる。

中でも今回分析の対象とするのは、全国新聞社出版協議会[3]の合同出版企画として編纂された『特別報道写真集　東日本大震災　地震・津波・原発被災　一カ月の全記録』である。震災発生後、同協議会により立ちあげられた共同出版企画には、二七の新聞社と共同通信社出版部門が参加し、二〇一一年四月二三日付で、同一内容の報道写真集が全国各地で一斉に販売された。この報道写真集に注目する理由として、四月二三日付で刊行されたこの媒体が、震災の全容を全国区的な視点から総括した最初期のものである点があげられる[4]。特にこの写真集は、東北地方のみならず、関東甲信越を含む震災被害の全国的な広がりを概観する意図で編集されており、いわゆる被災地〈外〉での震災認識に一つのスタンダードを用意したと考えられる。本論ではこの『特別報道写真集』の内容を、その写真表現に加え、写真集全体から読み取れるある種の物語構造に注目して分析し、直接の被災地となった東北や北関東以外の場所で、東日本大震災の経験が表象を通じてどのように認識、解釈されていったのか、またそうした表象に基づく出来事の認識、解釈が、その後の震災の記録／記憶という場面において、どのような影響を持ちうるのかを考察する上での一つの足掛かりとしたいと考えている。

## 二　報道写真集の構造

同写真集は、先述のように全国各地の地方新聞社から別々に発行されたものの、二種類存在する表紙以外は、目次も含め、その内容は基本的にほぼ同一である。文字資料の割合は比較的少なく、全八〇頁中、文章など文字主体の部分は六五頁目以降の十数頁分のみで、基本的には写真とキャプションを中心に見ていく中で、震災の出来事としての推移が一つの流れとして大まかに理解できる構造となっている。その写真集全体の流れを図式的にまとめると例えば次のようになる。

①津波発生→②火災→③津波の爪痕→④避難→⑤捜索→⑥原発事故→⑦救助・救援活動→⑧避難所生活→⑨支援活動→⑩各地への余波→⑪復旧・復興→⑫地震・津波の科学的解析、原発事故の検証[5]

まず、①「津波発生」の冒頭に置かれるのは【図一】の見開き写真（二―三）である。どす黒い

【図一】津波の画像（出典：『特別報道写真集　東日本大震災　地震・津波・原発被災　１カ月の全記録』共同通信社他、2011年４月）

津波に車ごと道路がのみ込まれるこの画像は、多くの媒体で頻繁に用いられたが、写真には岩手県宮古市で撮影されたという情報と共に、画面右上あたりに「撮影時間15:25」という文字が白で印字されている。これに続いて、濁流が市街地や空港を飲み込む遠景写真が見開きで立て続けに三枚、やはり写真撮影時刻と撮影地の印字と共に、時刻順に掲載されている。

この撮影時刻の表記は、②「火災」のセクションでも引き続き採用されている。「火災」に含まれる写真には、千葉県市原市でのガスタンク火災、福島県いわき市での住宅街火災、茨城県日立港での輸出用車両火災（ただし鎮火後の焼け焦げた車の様子）の三枚（一〇―一五）で、それぞれ見開きで掲載されている。ここまでで撮影時刻の表記は終わり、続くセクションでは、地震

【図二】陸に打ち上げられた船　（出典：『特別報道写真集　東日本大震災　地震・津波・原発被災　１カ月の全記録』共同通信社他、2011 年４月）

発生の瞬間、あるいは直後の様子を写した写真（見開きに二枚）（一六―一七）を挟み、③「津波の爪痕」へと進む。ここで目を引くのが、【図二】のような陸に打ち上げられた巨大な船の写真である（一八―一九）。また倒壊した家屋の写真も示される。続く④「避難」の場面で、荷物や家族と共に避難する一般市民の姿が初めて大きく提示され（二四―二五）、消防隊や自衛隊による救助場面（⑤「捜索」）も数枚挿入されている（二六―二九）。

　この後、わずか三頁分という短いスペースに、原発事故の模様を示す写真がやや唐突な形で挿入されている（⑥「原発事故」）（三〇―三二）。福島の原発事故については、⑪の部分に文字資料を主体とする詳細な解説があるため（六九―七二）、写真部分はある程度縮小されたと考えられるが、この写真集においては、原発事故関連の情報は比較的少ない印象である。その後、津波で水没した家屋の空撮を背景に、「大きな喪失感を胸にそれでも動き出す人々」（三三）という白字で縦書きの見出しが入り、⑦「救援・救助活動」へと移る（三三―三九）。ここでは主に、自衛隊や消防局によるヘリコプターでの救助場面や、宮城海上保安部による潜水捜索の様子、行方不明者の奇跡の生還場面などが、ややヒロイックなトーンで表現される。さらに頁をめくると場面は変わり、⑧「避難所生活」の写真が登場する。まず人々がひしめき合う体育館らしき建物の内部の様子が見開きで示され（四〇―四一）、さらに炊き出しや水を求める様子が描かれる（四二―四五）。

続く⑨「支援活動」では、国内のボランティア団体から支援物資が配布される様子や、米国やメキシコ、中国からのレスキュー部隊の活躍が描かれ、また海外で活躍するスポーツ選手からの励ましのメッセージもまとめられている（四六―五一）。その後、各被災地の、津波以前と以後を比較する空撮写真が挿入された後、首都圏の停電や帰宅困難者、買いだめ騒動をとらえた写真、また「地震の連鎖」というタイトルで、宮城、福島、長野、茨城、静岡を襲った後発地震の被害を示す写真が示されるなど、東北以外の地域における震災の影響への意識的な目配りが見て取れる（⑩各地への余波）（五六―五九）。

そして写真による〈語り〉は最後に、⑪「復旧・復興」の場面へと移る（六〇―六三）。仮設住宅の建設や瓦礫撤去の模様、集団避難の様子、学校や朝市の再開、亡くなった人々の追悼式典などの写真が、四頁にわたりまとめられている。ここで写真主体の表現は終わり、「巨大地震、大津波、原発事故　広域複合災害　急がれる検証」という赤字の見出しで始まる⑫の解説部分以降では、地震のメカニズムや被害の詳細、原発事故の詳細についての解説が、地図やグラフ、時系列表等を交えて提示される（六五―七九）。このセクションは、それ以前の写真による「物語」からはやや断絶した印象を受ける。そして、巻末に置かれた目次をもって写真集は終結している。

では、こうした構成全体から読み取れる「あらすじ」のようなものがあるとすれば、それはどのようなものと言えるであろうか。まず、巨大地震によって津波が発生し、火災が起きる。翌日になると津波の被害の全貌があらわになり、住民たちは逃げていく。やがて行方不明者の捜索が始まり、原発事故が発生、各方面からの救援活動が活発化し、避難民たちは避難所での生活を始める。国内外からの支援物資も到着し、人々は次第に復興に向けて動き出す。死者は弔われ、学校等市民生活が徐々に再開していく。人によっておそらく解釈は様々であるが、例えばこのような流れが読み取れるかも知れない。

## 三　描かれにくい出来事

以上が、全国新聞社出版協議会の合同出版企画による『特別報道写真集　東日本大震災　地震・津波・原発被災　一カ月の全記録』の内容である。ここでこれまでの分析から、この報道写真集における震災の〈語り〉の特徴や問題点をいくつか指摘したい。

まずこの写真集の表現上の特徴としてあげられるのは、首都圏を含め、各地方新聞社を通じて全国で発売されるという前提があったためか、東北以外の複数の地域に広く目配りがされているという点である。ただし、そうした構成が一方で、震災認識のある種の誤解や混乱を招きかねないという点も否定できない。例えば②「火災」を表現した写真は、「火災」というキーワードで一つにまとめられているが、千葉県市原市のガスタンク火災、福島県いわき市の住宅火災、茨城県日立市の車両火災という、場所も性質も異なる三件の火災現場写真が立て続けに掲載されており、一見してあたかも同一の火災現場であるかのような錯覚を覚える。無論、地震を発端とした火災という意味でこれらの出来事は同列なのかも知れないが、地理的条件や時間、性質の違いを無視して単純に「火災」というまとまりで並列されることで、出来事の複雑さや個別性というものが見失われる恐れがある。

また、写真集の冒頭部においてもう一点目を引くのは、写真上に印字された撮影時刻の表記である。地震発生当時の、時々刻々と状況が移り変わる緊迫感と臨場感を演出するための工夫と思われるが、この表現は一方で、あたかも出来事が時系列順に順序良く発生し、それを逐一写真で記録したかのような印象を与える。しかし実際には、東日本大震災は「被害が拡大して「進行する複合災害」」（石井彰　五二）であるとの石井彰氏の指摘にもあるように、混乱の中で複数の事態が同時多発的に、複雑なタイミングを描きながら発生・継続していたはずであり、ここでもメディア的な〈物語化〉の過程の中で、現実の複雑さが不可避的に単純化される傾向が見て取れる。

また、この報道写真集を含め、日本のマスメディア全般に対し、震災発生から数カ月の間に各方面から湧きあがっていた不満というのが、震災による悲劇の最たる部分、すなわち大勢の人間の死がどこにも描かれていないという逆説的状況に対してである。これについて先述の池澤氏は次のよ

【図三】避難する人々　（出典：『特別報道写真集　東日本大震災　地震・津波・原発被災　１カ月の全記録』共同通信社他、2011 年４月）

うに述べている。

たくさんの人々の死の状況を知ったのは、メディアによってだが、日本のメディアは遺体＝死体を映さなかった。（中略）津波が市街地に押し寄せる場面は多く見たけれども、本当に人が死んでゆく場面は巧みに外されていた。カメラはさりげなく目を背けた。しかし、遺体はそこにあったのだ。（池澤　六―七）

そして、本論で扱ってきた報道写真集においても、池澤氏がこのように指摘したのと同様の戦略が取られている。すなわち、冒頭部の津波が押し寄せ、あるいは火災が広がる場面を写しだした写真には、人影は全くといって良いほど写り込んでいない。あたかも無人のゴーストタウンが波に飲み込まれているかのような印象である。そして、人々の姿が初めて大きく前景化されるのが④「避難」の場面以降である【図三】。ここから、津波を逃げのびた生存者の姿が積極的に描かれ、死の気配はますます影をひそめることになる。

確かに、故人のプライバシーや読者への配慮などから、遺体を直接映像として提示することが難しい日本のマスメディアの現状からすれば、死体なき災害表現というのは決して珍しいものではない。これについて三浦伸也氏は、東日本大震災の場合、日本のメディアは「人的被害の記録を殆ど残さなかった」と指摘する。その理由として、例えばテレビカメラによる取材は、撮影の際に「配慮が必要」であり、さらに撮影されたものが「使用できるとは限らない」ため、局によっては「使えない映像は最初から撮らない」ことが多くあるといった内情がテレビクルーらへのヒアリングにおいて語られる（三浦　一一二―三）。あるいは山田健太氏によると、カメラクルーは撮影を意識的に避けたものの、映像には実際には遺体が数多く映されており、担当ディレクターは放送用に「撮影データから犠牲者をカットする作業」に追われた（山田　一五一）との証言もある。

こうした状況に加え、あるフリーアナウンサーは取材の際に、「被害にあった被災地の写真を撮らない」ことを心がけているとし、その理由として、連日悲惨な映像が放送されているため、「悲惨な様子は心に留めて、写真に残すのは復興に向けたパワーと笑顔にしよう」と思ったと述べる（平方　一二二）。このケースは、遺体の映像上の扱いを語ったものではないが、このように報道する側の多様な形の「配慮」が無数に折り重なる中で、日本のメディア報道から遺体の映像が否応なしに排除されていった経緯が伺える[6]。

こうした事態に際し、先述の三浦氏は、「一〇〇年後に東日本大震災のテレビ映像を見ても、津波被害の人的被害が映っておらず、その被害の甚大さが分からないということになるかもしれません」（三浦　一四七）と危惧している。また山田氏は、犠牲者や避難民と隣り合わせで取材する記者の体験する凄惨さが「被災地以外の一般市民にはその十分の一も伝わっていない」（山田　一四七）と批判する。そして、メディアによるこうした表現の欠落を補う意味で生み出されたのが、例えば、震災発生直後から遺体安置所に関わった現地の人々の経験を取材したルポライター石井光太氏による、以下のような文章表現であったのかも知れない。

最初は、福島、宮城、岩手の沿岸の町を回り、そこでくり広げられる惨劇を目撃することになった。幼いわが子の遺体を抱きしめて棒立ちになっている二十代の母親、海辺でちぎれた腕を見つけて「ここに手があります！」と叫んでいるお年寄り、流された車のなかに親の遺体を見つけて必死になってドアをこじ開けようとしている若い男性、傾いた松の木の枝にぶら下がった母親の亡骸を見つけた小学生ぐらいの少年。（中略）来る日も来る日も被災地に広がる惨状を目の当たりにするにつれ、私ははたして日本人はこれから先どうやってこれだけの人々が惨死して横たわったという事実を受け入れていくのだろうと考えるようになった。（石井光太　二六一―二）

実のところ、眼前の存在を記録することに向いている写真や映像という媒体にとって、死、すなわち何かの不在や喪失を描くことは大変難しい。そして、東日本大震災のような多くの喪失を伴う出来事を描き出す時、不在や喪失そのものをどのように描き、記録し得るのかという点は、伝達手段としての映像表現にますます比重が置かれる今日において、より切実に問われるべき問題となる

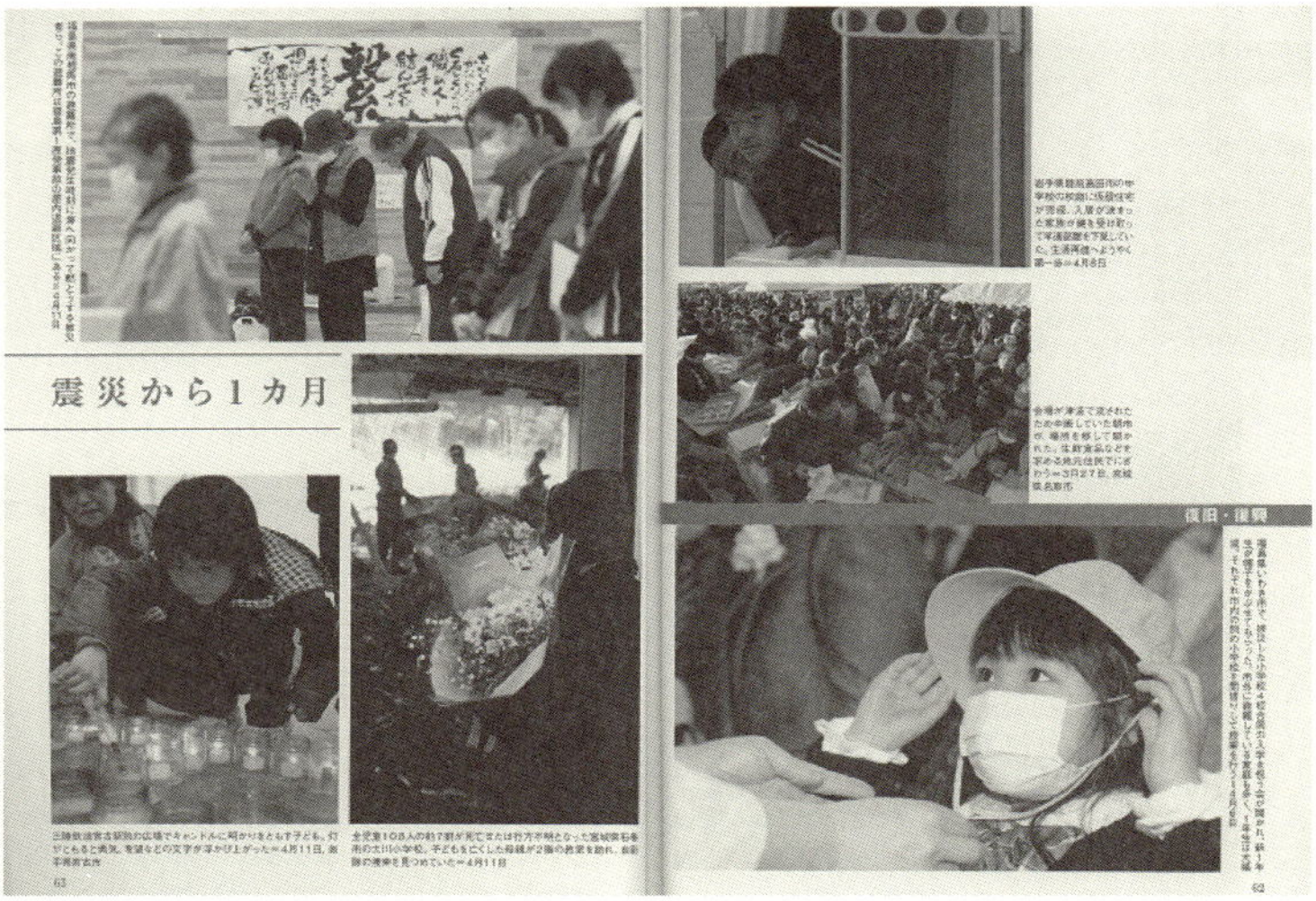


【図四】前景化する子供たち（出典：『特別報道写真集　東日本大震災　地震・津波・原発被災　1カ月の全記録』共同通信社他、2011年4月）

のである。

## 四　物語化への欲望

一方、石井氏は次のようにも述べている。「震災後間もなく、メディアは示し合わせたかのように一斉に「復興」の狼煙を上げはじめた。だが、現地にいる身としては、被災地にいる人々がこの数えきれないほどの死を認め、血肉化する覚悟を決めない限りそれはありえないと思っていた」（石井光太二六二）。この指摘にもあるように、日本のメディアによって、「復興」という言葉が震災後それほど時間を置かずに唱えられ始めたことへの違和感は、この石井氏のみならず様々な場面で表明されている。本論で分析してきた報道写真集においても、「復興」という用語はいち早く採用され、震災発生からわずか一カ月足らずの間に、「復興する東北」のイメージが早くも拡散されたことに対し、本写真集も一定の役割を担っていたことが伺える。

とりわけ、⑩「復旧・復興」の写真表現において目立つのが、子供たちの明るい表情をとらえた写真である（六二―六三）【図四】。確かに、震災直後の恐怖と危機感が充満するような状況と比べれば、数週間の時が経ち、被災者らの様子もより落ち着いたものとなっていたであろう。中でも、周囲の状況に敏感に反応しがちな子供たちが前向きな表情を見せるようになったという客観的な事実を、メディアが率直に表現しただけかも知れない。しかし子供という存在をあえて前景化することで、これから長期的かつ具体的な困難に直面しなくてはならない大人の存在は後景化し、覆い隠されることとなる。子供の姿は救いではあるが、現実の困難や事態の複雑さを代表するアイコンとはなり難いのである。

奇妙なことに、写真集の終結部で子供の写真を多用するという戦略は、他の報道写真集においても共通して採用されている(7)。こうした表現戦略が日本のメディアにより多く選択された要因については、様々な角度から検証することが可能と思われるが、その一つの理由として、写真集の読後感を良くするという編集側の意図が関係しているのではないだろうか。震災の複雑かつ凄惨な過程を、子供たちに笑顔が戻った、という予定調和的な結末と共に提示することで読者に安心感を与え、またそれにより、震災という出来事を一つの完成された〈物語〉として提示し得る。ただし、こうした希望を印象づけるような表現の選択により、現実の悲惨さや複雑さというものはやはり後景化する宿命にある。また写真の選択が表現する、子供たちに笑顔が戻ったという結末の暗示は、出来事の収束を印象付け、震災後の持続的問題や継続的支援に対する関心を薄れさせる恐れもある。

先述の三浦氏は、震災後のテレビ報道に関する分析において、報道された内容のみならず、「報道されなかった内容」の分析を行うことが重要であると指摘する（三浦　一〇七）。こうした観点から三浦氏は、報道の地域偏差という問題を取り上げているが、震災以後、被害の大きさと関係なく被災地域間で報道量に大きな差が生じた理由として、三浦氏は、報道側の固定観念や物理的な交通の便、ＮＰＯによる情報発信力の違い等に加え、その地域の「津波の物語」の有無が関係していると述べている。

> 第四に、「津波の物語」として報道できる地域が選ばれたと考えられる。前述したように、個々の浜のニュースは、地域からもたらされるようになったが、個々の浜は津波に襲われ、その津波からの復旧・復興を伝えるというストーリーには、ニュースの冒頭にその浜がどのような津波に襲われたかわかる映像がないと津波の物語になりにくいため、浜が津波に襲われる映像が必要であったと考えられる。そのため、津波の映像が撮られていない小さな浜の報道量は少なくなったのではないかと考えられる（三浦　四八―四九）。

この指摘から気づかされるのは、メディアによる報道の偏りは、報道の受け手と作り手双方の〈物語〉を求める渇望によって多分に左右されているという事実である。すなわち、震災についての報道は、記録として何を残し、何を伝達すべきかということよりも、特定の出来事について、求められる〈物語〉が成立しうるかという基準で、対象が選ばれる側面が強いことが理解されるのである。言うなれば、日本の現行メディアによる震災表現は、〈物語化への圧力〉とでも呼び得るような見えない力が作用する中で、定式化、パターン化した〈物語〉に収斂させられる傾向にある。それにより、所定の〈物語化〉の定式から漏れる事柄と、常に選ばれ続ける事象とが生まれ、こうした〈物語化〉の偏差から、出来事に対する認識や理解の偏差が生まれていくことが予想される。

哲学者の野家啓一氏は、人間は、自ら体験した出来事あるいは人から伝え聞いた出来事を「物語る」欲望に取り憑かれた動物である、と述べる（野家 一六）。しかし、少なくとも東日本大震災の報道や記録は、そうした「物語る」欲望を満たすことを目的とすべきではないであろう。この時我々は、災害報道におけるメディアの役割とともに、メディアがなぜ特定の〈物語化〉の方法を選択したのか、それはどのような特徴や傾向を持ち、それによって何が伝わり、何が伝わらなかった（もしくは、意図的に伝えられなかった）のか、そうした〈物語化〉のプロセスが、人々の震災認識に今後いかなる影響を及ぼし得るのか、といった点について、改めて考えていく必要がある。それはメディアの情報の作り手、受け手双方の中に存在する、希望の持てる分かりやすい〈物語〉を求めてしまう欲求とその意味について、絶えず向き合う作業となるであろう。ここにおいて、災害を「メディアジェニック」な〈物語〉として表現し、消費し、鑑賞する慣習とどう対峙し折り合うかという点について、今まさに新しい知恵が求められているのである。(8)

## 注

（1）環境問題の認識とマスメディアの関係については、川端美樹「マスコミュニケーション効果研究からのアプローチ」などを参照。
（2）一例としてクラックネルは、海上でのタンカーからの重油流出事故を報道する際に、重油に塗れた海鳥の写真がしばしば象徴的に用いられることをあげている。
（3）一九七二年に設立された全国新聞社出版協議会は、一般社団法人共同通信社に加盟する、北海道から沖縄までの新聞社とその関連会社、及び共同通信社の四六社で構成されている。現在の事務局は東京都港区の共同通信出版センターに置かれている。（http://furusato.kyodo.co.jp/　二〇一四年八月二〇日閲覧）
（4）報道写真集という形で震災の経緯をいち早くまとめたものとしては、『緊急出版　特別報道写真集　巨大津波が襲った　三・一一大震災——発生から一〇日間の記録』（河北新報社、二〇一一・四・八）があげられる。しかしこの写真集は、東北を拠点とする地元紙の観点に基づいているという意味で、本論で扱う〈被災地外〉での震災認識と多少異なる視点を提示していると考えられ、今後稿を改めて扱うことを予定している。
（5）筆者作成。なお①〜⑥、⑫の項目は、写真集の目次などで特に明記されているわけではなく、写真集の内容から筆者が独自に見出しを付けたものである。一方⑦〜⑪については、巻末の目次や写真集中の見出しに基づいて分類した。
（6）山田氏は、日本の「お茶の間メディア」である新聞やテレビが遺体写真の掲載に抑制的であるのに対し、雑誌やロイターなどの海外メディアは、むしろ積極的に遺体写真を掲載する傾向にあると指摘する。（山田　一四七）
（7）例として、『緊急出版　特別報道写真集　巨大津波が襲った　三・一一大震災——発生から一〇日

間の記録』（河北新報社、二〇一一・四・八）、『読売新聞報道写真集　東日本大震災』（読売新聞社、二〇一一・五・四）、『特別報道写真集　平成の三陸大津波』（岩手日報社、二〇一一・六・一七）、『写真記録　東日本大震災　三・一一から一〇〇日』（毎日新聞社、二〇一一・七・二五）など。

（8）本稿は、『エコクリティシズム・レビュー』（エコクリティシズム研究学会）第六号（二〇一三・八）掲載の拙論、「震災の写真表象——東日本大震災のメディア報道を題材に」を加筆・修正したものである。

## 引用・参考文献

Anderson, Alison. *Media, Culture and the Environment*. New Brunswick, NJ: Rutgers UP, 1997.

Cracknell, Jon. "Issue Arenas, Pressure Groups and Environmental Agendas." Anders Hansen eds. *The Mass Media and Environmental Issue*. Leicester, England: Leicester UP, 1993: 3-21.

LaMay, Craig L., and Everette E. Dennis, eds. *Media and the Environment*. Washington, D. C.: Island Press, 1991.

Smith, Conrad. *Media and Apocalypse: News Coverage of the Yellowstone Forest Fires, Exxon Valdez Oil Spill, and Loma Prieta Earthquake*. Westport, CT: Greenwood Press, 1992.

池澤夏樹『春を恨んだりはしない——震災をめぐって考えたこと』中央公論新社、二〇一一。

石井彰「東日本大震災とラジオ——「強さ」を生かして「弱さ」を乗り越えろ」『大震災・原発事故とメディア（放送レポート　別冊）』（メディア総合研究所・放送レポート編集委員会編、大月書店、二〇一一）五二—五九。

石井光太『遺体——震災、津波の果てに』新潮社、二〇一一。

今橋映子『フォト・リテラシー——報道写真と読む倫理』中公新書、二〇〇八。

川端美樹「マスコミュニケーション効果研究からのアプローチ——マスメディアは人々の地球環境問題への

認識を変えるか？」」、『環境メディア論研究論文集 中間報告書』（阿部治編、財団法人地球環境戦略研究機関［ＩＧＥＳ］、二〇〇〇）一九―二五。

野家啓一『物語の哲学』岩波現代文庫、二〇〇五。

平方恭子「写真は撮らない」『大震災・原発事故とメディア（放送レポート　別冊）』（メディア総合研究所・放送レポート編集委員会編、大月書店、二〇一一）二〇―二二。

福田充編『大震災とメディア―東日本大震災の教訓』北樹出版、二〇一二。

三浦伸也「第二章　３１１情報学の試み」『３１１情報学―メディアは何をどう伝えたか（叢書　震災と社会）』（岩波書店、二〇一二）三三―一一八。

山田健太『三・一一とメディア―徹底検証　新聞・テレビ・ＷＥＢは何をどう伝えたか』株式会社トランスビュー、二〇一三。


（特別報道写真集）

『緊急出版　特別報道写真集　巨大津波が襲った　三・一一大震災―発生から一〇日間の記録』河北新報社、二〇一一・四・八。

『写真記録　東日本大震災　三・一一から一〇〇日』毎日新聞社、二〇一一・七・二五。

『特別報道写真集　東日本大震災　地震・津波・原発被災　一カ月の全記録』共同通信社、および二七の地方新聞社より同時刊行、二〇一一・四・二三。※全国新聞社出版協議会による合同出版企画。

『特別報道写真集　平成の三陸大津波』岩手日報社、二〇一一・六・一七。

『報道写真全記録二〇一一・三・一一―四・一一　東日本大震災』朝日新聞社、二〇一一・四・二八。

『読売新聞報道写真集　東日本大震災』読売新聞社、二〇一一・五・四。

# あとがき

本書『核と災害の表象――日米の応答と証言』の構想は、第二五回エコクリティシズム研究会（現研究学会）二〇一二年度大会において開催されたシンポジアム「災害・文学・メディア」が基盤となっている。震災翌年という時期に開催されたこの研究大会においては、本シンポジアム、並びにそのシンポジアムの前に行われた特別講演のテーマとして、自然災害、および核と放射能という、大震災を境に強く意識されるようになった諸問題が取り上げられた。それから三年近くが過ぎ、シンポジアムとして始まった企画が多くの方々のご協力のもとに徐々に大きく育ち、今回このような一冊としてまとめられたことは、編者として、またシンポジアムの参加者として深い感慨を覚える。

私的観点から当時の状況を回想すると、もともと個人発表をするつもりで提出した企画が、思いもかけずシンポジアムの発表者としてお声をかけていただき、他の発表者の方々との共同作業の中で、未熟ながらも自分なりの視点を何とか構築しようと苦心した結果が、本書拙論のもととなっている。横浜の自宅で震災に遭遇した筆者は、拙論でも描出したように、被災地「外」で震災を体験した、いわば部外者としてのうしろめたさを抱えたまま、それこそ恐る恐るシンポジアムに臨んだ記憶がある。しかし、そうした心もとなさを払拭するかのように、上記研究大会においては、岩手での復興支援に関する現地報告や、核と放射能言説にまつわる諸問題についての考察、また、文学作品におけるテクノロジーの問題や、アメリカＳＦ映画と現実の災害表象の関係性といった、多彩でありながらも互いに連関し、共鳴し合う視点の興味深い交錯が提示され、東日本大震災という事象と今後いかなる観点から向き合うべきかを考える上での重要なヒントが突如目の前に散りばめられたような、不思議な感覚を覚えたものである。

すでに多くの先行研究中でも言及されているように、東日本大震災という出来事は、大地震と津波、そして原発事故という複数の事象が、天災か人災かという問題はさておき、複合的に重なり合う中で展開している。その意味でこの大震災という出来事は、テクノロジーと自然の脅威の連動という、エコクリティカルな視点からみてまさに今日的な自然環境をめぐる諸問題の在り様を端的に象徴するものであるとも言えるのである。かつて研究のごく初期段階においては、環境保護という問題に文学研究の立場からいかなる貢献ができるのかという問題設定が、環境文学研究、ひいてはエコクリティシズムの出発点であった。しかし今日においては、文学的思索を通じた、環境をめぐる諸問題についての新たな思考の枠組み、あるいは一種の「哲学」の生産の場へと、エコクリティシズム研究は変貌を遂げている。そうした今日的なエコクリティシズムの視点が提示するものとは、かつての自然と文明の対立という図式を超えた、自然の仕組みの中で機能する文明、あるいは、人間的な経済活動や生産、流通、消費のプロセスの中に否応なしに巻き込まれる自然という、双方からの軋み（あるいはそれについての文学的想像力）についての、文学研究的方法論を用いての多角的な考察となりつつある。

その意味で東日本大震災という事象は、まさに今日のエコクリティシズム的思索が直面せざるを得ない、新たな挑戦の場を提示する出来事として捉え直すこともできる。そして、自然と文明の間に生じる多様な軋みについての思索を経た上で、生活者としての人間という立場に再度立ち戻った時、東日本大震災という出来事について、文学研究者という立場からいかなる思考の枠組みが提示できるのか、あるいは、そうした思索の結果として現実社会に何がもたらされるのかという点を見極めることが、核と震災の表象にまつわる今後のエコクリティカルな研究が抱える、一つの大きな課題と言えるのであろう。

こうした観点から、本書が読者の方々にとって、核と震災、ないしは災害についての表象をめぐる思索において何らかのヒント、ないしは足掛かりを提示すものとなることを願ってやまない。本書に収録されている論文は、視点、方法論、主題等において、まさに多様な視点が入り混じった布陣となっている。その大まかな内容を再度振り返れば、ゴーマン論文、中野論文、伊藤論文、松永論文は、いわゆる文学作品における核や災害の表象が中心的テーマであり、とりわけ実態としての「場」が文学世界にもたらす意味を考察、分析したものである。また、トムソン論文、熊本論文は、東北の地での実体験をもとに、ルポルタージュ的筆致で震災という出来事についての考察、思索を行うことを目指している。その上で信岡論文は、そうした実体験と報道的表象との乖離、あるいは現実に関する表象のあり方に着目したものである。

一方、こうした多彩な視点を並置する中で気づかされるのは、現実が表象にもたらす影響と、表象が現実にもたらす作用との間に見られる複雑な相互関係であり、いかなる記憶や出来事も「語られる」ことからは逃れられず、さらに語られた以上は、何らかの文学的解析と無縁ではいられないという認識である。その意味でエコクリティカルな思索の契機は、文学作品内だけにとどまらず、あらゆる日常的営為の中に見出すことができるのであり、そうした思索の可能性の広がりを、本書の構成から読み取っていただければ幸いである。

二〇一四年一一月

信岡朝子

〈ハ〉



〈マ〉



〈ヤ〉



〈ラ〉

**事　項**

作品名は省略

Cheryll Glotfelty　91, 92, **107**
コードル、ダニエル Daniel Cordle　34, 36, 37

〈サ〉
サウダー、ウィリアム　William Souder　78, 79, 80
ジェイコブズ、ロバート・A　Robert A. Jacobs　17
シェパード、ソフィー　Sophie Sheppard　97, 98
島村輝　**70**
ジョエル、ビリー　Billy Joel　36
シルコウ、レズリー・マーモン　Leslie Marmon Silko　13, 37, 97
スタフォード、ウィリアム　William Stafford　95
スロヴィック、スコット　Scott Slovic　88, 90, 91
ソルニット、レベッカ　Rebecca Solnit　v, 93, 97, 98, 99, 171, 173, 175, 176, 181, 182, 184, 190, 191, 194, **195**

〈タ〉
高橋博子　17
高橋源一郎　113, 114, 116, **138**
デリダ、ジャック Jacques Derrida　14
トリート、ジョン・W　John W. Treat　9, 11, 14

〈ハ〉
ハーシー、ジョン　John Hersey　25, 26, 27, 28, 29, 77
ハイン、テリ　Teri Hein　40, 41, 42, 43, 81, 82, 88
ハインズ、パトリシア　Patricia Hynes　80
花田俊典　10
林京子　iv, 48-69, **70**, **72**, 82, 100-106
原民喜　58
ピンチョン、トマス　Thomas Pynchon　14, 36
フィンドレイ、ジョン　John Findlay　74, 75
ブラウン、ケート　Kate Brown　76
プルースト、マルセル　Marcel Proust　135
古川日出男　114, 116, 117, 118, 119, **138**

〈マ〉
マッカーシー、コーマック　Cormac McCarthy　31, 32, 33, 82
宮沢賢治　132
ミラー、ウォルター・M　Walter M. Miller　35
村上春樹　10, 113
メリル、ジュディス　Judith Merril　29, 30, 31, 41
モートン、ティモシー　Timothy Morton　5

# 索　引

**人　名**

日本語名は原則漢字・日本語表記、
欧米名は「姓、名」の順でカタカナ表記に欧文併記、
太字は注。

〈ア〉

アントネッタ、スザンナ Susanna Antonetta　87, 88, 101, 103
池澤夏樹　198, 199, 208, 209
石井光太　211, 212
巌谷小波　60, **72**
ウィリアムス、テリー・テンペスト Terry Tempest Williams　40, 41, 43, 82, 96, 97
ウィンクラー、アラン・M Allan M. Winkler　15, 16, 27, 36
ウォーターズ、フランク　Frank Waters　95
ヴォネガット、カート　Kurt Vonnegut　13, 37, 38, 39, 40
エヴェレット、ヒュー　Hugh Everett
大江健三郎　113
オーティーズ、サイモン・J Simon J. Ortiz　13, 42, 43, 44
オカザキ、スティーヴン Steven Okazaki　29
オゼキ、ルース・L　Ruth L. Ozeki　v, 110-137
オッペンハイマー、J・ロバート J. Robert Oppenheimer　39, 100, 105
オブライエン、ティム　Tim O'Brien　10, 37

〈カ〉

カーソン、レイチェル　Rachel Carson　v, 16, 33, 40, 41, 43, 69, 77-81, 82, 87
加藤典洋　68, **72**
川上弘美　114, 115, 116, 119
川村湊　**72**
キートレッジ、ウィリアム William Kittredge　91
クラックネル、ジョン　Jon Cracknell　201
グリフィン、シュアウン　Shaun Griffin　95
グレガー、デボラ　Debora Greger　81, 82, 85, 86, 88, 103
黒古一夫　6, 55, **71**
グロットフェルティ、シェリル

小川　春美（おがわ　はるみ）
岩手県立大学（講師）
［論文］“Exploring University Students' Reactions to Original Content-Based Materials.”『東北英語教育学会紀要』第31号（2011）。
［共著］“Using Video Recorded Interviews to Provide Near Peer Models for Language Learning.” *JACET JOURNAL*『大学英語教育学会紀要』第55号（2012）等。

トムソン、クリストファー・S (Christopher S. Thompson)
オハイオ大学（准教授）
［共編著］*Wearing Cultural Styles in Japan: Concepts or Tradition and Modernity in Practice*. (SUNY P, 2006).
［論文］“Are You Coming to the Matsuri?: Tsunami Recovery and Folk Performance Culture on Iwate's Rikuchu Coast.” *The Asia-Pacific Journal*. Vol. 12.2 (2014); “Japan's Showa Retro Boom: Nostalgia, Local Identity, and the Resurgence of Kamadogami Masks in the Nation's Northeast.” *The Journal of Popular Culture*. Vol. 44.6 (2011); “Visions of the Afterlife: Nineteenth Century Posthumous Votive Portraiture in Iwate, Japan, Rediscovered.” *Journal of Religion and Popular Culture*. Vol. 22 (2010) 等。

中野　和典（なかの　かずのり）
福岡大学（准教授）
［共著］『〈教室〉の中の村上春樹』（ひつじ書房、2011）。
［共訳書］ジョン・W・トリート『グラウンド・ゼロを書く――日本文学と原爆』（法政大学出版局、2010）。
［論文］「「原爆／原発小説」の修辞学」『原爆文学研究』原爆文学研究会、第12号（2013）、「空洞化する言説――井上光晴『西海原子力発電所』論」『原爆文学研究』原爆文学研究会、第10号（2012）、「地図と契約――安部公房『燃えつきた地図』論」『日本近代文学』日本近代文学会、第81集（2009）等。

松永　京子（まつなが　きょうこ）
神戸市外国語大学（准教授）
［共編著］『カウンターナラティヴから語るアメリカ文学』（音羽書房鶴見書店、2012）、『オルタナティヴ・ヴォイスを聴く――エスニシティとジェンダーで読む現代英語環境文学103選』（音羽書房鶴見書店、2011）。
［論文］"Bridging Borders: Leslie Marmon Silko's Cross-Cultural Vision in the Atomic Age." *Critical Insights: American Multicultural Identity.* (Salem P, 2014); "From Apocalypse to Nuclear Survivance: The Transpacific Nuclear Narrative in Gerald Vizenor's *Hiroshima Bugi: Atomu 57.*" *Sovereignty, Separatism, and Survivance: Ideological Encounters in the Literature of Native North America.* (Cambridge Scholars P, 2009); "Resisting and Surviving Apocalypse: Simon J. Ortiz's (Post) Colonial Nuclear Narrative." *Southwestern American Literature.* Vol.34.1 (2008) 等。

## 執筆者（論文掲載順）

**伊藤　詔子**（いとう　しょうこ）
広島大学（名誉教授）

［単著］『よみがえるソロー──ネイチャーライティングとアメリカ社会』（柏書房、1998）、『アルンハイムへの道──エドガー・アラン・ポーの文学』（桐原書店、1986）。

［監修・共編著］『カウンターナラティヴから語るアメリカ文学』（音羽書房鶴見書店、2012）、『オルタナティブ・ヴォイスを聴く──エスニシティとジェンダーで読む現代英語環境文学 103 選』（音羽書房鶴見書店、2011）。

［共著］*Poe's Pervasive Influence: Perspectives on Poe*. Ed. Barbara Cantalupo. (Lehigh UP, 2013) 等。

**ゴーマン、マイケル**（Michael Gorman）
広島市立大学（准教授）

［共著］『オルタナティヴ・ヴォイスを聴く──エスニシティとジェンダーで読む現代英語環境文学 103 選』（音羽書房鶴見書店、2011）。

［論文］「トパーズからグアンタナモ湾へ──オオツカの『天皇が神だったころ』と強制収容所」『カウンターナラティヴから語るアメリカ文学』（音羽書房鶴見書店、2012）、"Unspoken Histories and One-Man Museums: Lingering Trauma and Disappearing Dads in the Work of Chang-rae Lee." *Critical Insights: American Multicultural Identity*. (Salem P, 2014); "Willa Cather's Imperial Apprenticeship: Rudyard Kipling, the Celestial Empire, and San Francisco." *Studies in English Language and Literature*. Vol. 20 (2012); "Jim Burden and 'the White Man's Burden': *My Ántonia* and Empire." *Bloom's Modern Critical Interpretations: Willa Cather's* My Ántonia*-New Edition*. (Harold Bloom Literary Criticism, 2008) 等。

# 執筆者紹介

## 編著者

熊本　早苗（くまもと　さなえ）
岩手県立大学（准教授）
［共著］『オルタナティヴ・ヴォイスを聴く――エスニシティとジェンダーで読む現代英語環境文学 103 選』（音羽書房鶴見書店、2011）、『エコトピアと環境正義の文学――日米より展望する　広島からユッカマウンテンへ』（晃洋書房、2008）。
［論文］「大津波の記憶――岩手沿岸復興支援と〈災害ユートピア〉」『エコクリティシズム・レヴュー』エコクリティシズム研究学会、第 6 号 (2013)。
［翻訳］レベッカ・ソルニット「楽園から地獄を取り出す」『エコトピアと環境正義の文学』（晃洋書房、2008）等。

信岡　朝子（のぶおか　あさこ）
東洋大学（准教授）
［論文］「「イルカ殺し」はなぜ悪い――ドキュメンタリー映画『ザ・コーヴ』の思想史的背景をめぐる試論」『文学論藻』（東洋大学文学部紀要日本文学文化学科篇）第 88 号 (2014)、「闘病記文学の可能性――当事者性と他者理解の観点から」『文学論藻』（東洋大学文学部紀要日本文学文化学科篇）第 87 号 (2013)、“Story-Tellers of a Disaster: Minamata Documentary Photography of W. Eugene Smith and Kuwabara Shisei.” *Expanding the Frontiers of Comparative Literature: Toward an Age of Tolerance*. Vol. II. (Chung-Ang UP, 2013) 等。

エコクリティシズム研究のフロンティア　3

核と災害の表象――日米の応答と証言

2015年3月25日　印刷　　2015年3月30日　発行

編著者© 熊本　早苗
信岡　朝子

発行者　佐々木　元

発行所　株式会社　英　宝　社
〒101-0032 東京都千代田区岩本町 2-7-7
第一井口ビル
TEL 03 (5833) 5870-1 FAX 03 (5833) 5872

ISBN 978-4-269-75033-3 C3098　［製版：伊谷企画／印刷：(株)マル・ビ／製本：(有)井上製本所］

定価（本体 2,400 円 + 税）